キャサリン・マンスフィールド作品の醍醐味

吉野 啓子●著
Keiko Yoshino

朝日出版社

Miniatur of Katherine Mansfield Painted in 1932 from a photograph.
In water colour on porcelain by Bennett Alder.
Presented to the Alexander Turnbull Library
by Sir Harold Beauchamp in 1938.

Typewriter formerly owned by Katherine Mansfield.

We would like to thank the Alexander Turnbull Library,
Wellington,
New Zealand,
for giving permission to use
their photographs of Katherine Mansfield.

はじめに

キャサリン・マンスフィールドの作品との出会いは、大学一回生の時で、「ブリル嬢」を読んだのを覚えている。その後他の作品も読み進めていき、彼女の作品それぞれに詩的な要素が多分に含まれていることに気付いた。言葉（単語）や描写の深い意味を理解する事で、奥行きが感じられるのである。このような理由で彼女の作品が興味の対象となり、現在に至っている。

彼女についてもっと知りたいと思い、休暇を利用しては彼女の足跡を辿った。最初に生家を尋ねた時は、玄関の受付に男性の方がおられて、丁寧に家の中を説明しながら案内して下さった。現在では撮影禁止であるが、その時は男性から、写真を撮ってもよいと言われたので室内の様子を出来るだけ多くカメラに収めた。また客間にあるピアノを指差して、「弾いてもいいよ」と言って下さったので弾かせて頂いた。ほぼ百年になるというのに、ピアノは澄み切った美しい音色を響かせ、マンスフィールドが弾いたであろうピアノを自分が今弾いていることを思い、とても感動した。貴重な体験をさせて下さったその男性には、今でも感謝している。

ウェリントンでの彼女の足跡全てを辿ったあとは、「船旅」の主人公フェネラと同じコースで船旅もした。ウェリントンからピクトンまで船室で一晩過ごそうと思っていたが、現在では夜に出港するピクトン行きはなく昼の便だけで、しかもフェリーとなっている。昔は十二時間ほど要していたが、現在では三時間二十分程度と短縮されていて、住民の大切な「足」となっている。

またあるときはターンブルライブラリーにお邪魔して、彼女の貴重な遺品を見せて頂いた。写真や楽譜は言うに及ばず、彼女の遺髪（濃い栗色で、少しカールがかかっている柔らかい髪である。係りの女性の方が触れてもいいと言って下さったので触らせて頂いた)、黒い絹地に花や鳥などが刺繍されたスペイン風の豪華なショールを始め、いつも身近にあった品々、黒の扇、貝細工の小箱、くるみ割り人形ならず、くるみ割りワニやブックカバー、バッグ、フランスで貰ったというメダルなどたくさんの遺品を見せて頂く事ができた。

その中で最も感動したのは、彼女の愛用していたタイプライターである。両手を広げると隠れてしまうくらいの小さなもので、思わず「これ、本物ですか?」と係りの方に尋ねたくらいである。勿論、「勿論!」という返事が彼女から返ってきたのであるが。この小さなタイプライターから素晴しい作品の数々が生まれたのかと思うと、その小さなタイプライターがとても大きく見えた。その感動が忘れられなくて、またその感動があったので、少しでもたくさんの方々に、彼女の作品を理解して頂きたいと思うようになった。このような理由もあって、冒頭に近い箇所に彼女の愛用の小さなタイプライターの写真を加えて頂いたのである。

また彼女の作品は年代順や作品集別に掲載されていることが多いが私はあえてそれをせず、主人公の年齢の低い(と思われる)順に配した。就学前、就学後、少女から若い女性、中年期、壮年期そして老年期という順序である。最初から順に読まなくても興味ある作品を取り上げて読み、その時に大体の年齢を思いながら読み進めることで、主人公に対する一層の理解が深まるような解説に努めた。また、それぞれの作品世界から、作者の人となり、感性、作品への思い入れ、人生に対する姿勢を、作品の主題や技巧などを通して、たとえひとつでも理解して頂けるように配慮したつもりである。

Contents

新しい服

この作品は土曜日の夜と日曜日、そしてその後のある午後のわずかな時間の物語であるが、その短い期間の中で作者が表現する登場人物の人間性について述べてみたい。

物語はアンが夫の帰宅を待ちながら、老いた彼女の母親と共に、二人の幼い娘たちの服を縫っている場面から始まる。その間、ランプの調子が良くないことを母親は娘アンに言うが、彼女はランプの状態を確かめる様子もなく、かといって母親の言葉に同意するでもなく、全く無視である。彼女はそれを聞いて顔をしかめ、くどくど言われるのが神経に障るとひとり思うのである。そしてまたそのようにくどくど言うのは、母親の年のせいだとさえ思うのである。

この母親は、娘アンが次女ヘレンを台無しにするような扱いをするので、それに対してはっきり言うつもりであったが、時計の音が邪魔になって適当な言葉が浮かばなかった。それで「時計の音がうるさいわね」などと言ってその場を凌《しの》いでしまう。しかし彼女の本意を知らないアンは母親の本心を理解できず、悪意さえ持ってしまう。アンは母親に対してだけでなく夫に対しても同様で、自分をかばってくれないと思ったり、意図的に行動して自分に嫌な思いをさせようと思っていると考えるために、彼女の誤解や偏見が生れているのである。この彼女の理解力や判断力の欠如が、この作品のポイントになっている。

人や物事を正確に理解できないアンの特質は、娘たちに対する様子からも理解できる。彼女は次女ヘレンより長女ローズの方が、自分を腹立たしい思いにさせない良い子だと思っている。しかしローズは、妹を思い遣ることをしない姉なのである。

父親ヘンリーはヘレンの新しい服がなくなったことで子供部屋にやって来るが、当のヘレンは父親に叱られるという恐怖感から布団の下に隠れてしまう。しかしその妹を庇《かば》おうともせず、姉ローズは父親に「ヘレンは寝てなんていないわ」とかん高声い声で知らせる。その様子からは、妹の怯える様子を喜んでいるようにさえ思える。そればかりか、妹がそのような状況下にあるときに、姉は足で妹を蹴っている。彼女は妹を犠牲にしても、自分はよい子として大人に見てもらいたいと思っている子供で、自分さえよければ妹などどうでもいいと思う姉である。

彼女は食事の準備のために台所へ行こうとする母親に対して、「私も一緒にいきたいわ、そして料理の味見をしたいわ」とねだっている。彼女は他者への甘え方、機嫌のとり方をよく知っている子供である。所謂、胡麻の摺り方を心得ている子供である。そして自分は何事にも優れたよい子であると自己顕示をする術を知っている子供でもある。しかし母親アンはその長女が良い子で、要領が悪く自由奔放でお転婆な次女は手に負えない子としか思えないのである。彼女は庭に本が置き去りにされていると、確かめもせずにそれは間違いなく次女の仕業だと思ってしまうのである。

アンの洞察力のなさは、他にも見られる。彼女は自分の母親に、長女と違って次女は新しい服でもすぐに汚すので、袖口にレースを付けないでほしいと言っている。そしてまた末っ子で一人息子への次女の対応が目に余るので、近づけたくないと思っている。彼女の次女に対する処遇を考えると、それで事無きを得ると思っているようである。確かに、臭《くさ》い物に蓋をすれば臭くなくなるかもしれないが、臭《にお》いの根源は断ち切られていないように、彼女の処遇は決して根本的に解決されたものではなく、一時的で、短絡的なものである。次女の一連の行動に対する内的なもの、心の問題を理解できない限り、解決は得られないのであるが、彼女にはそれが理解できていない。

そのために次女ヘレンは長女と違ってすぐに服を汚すので、レースは要らないとアンは母親に話す。そして本人の前で姉の服と汚れ具合を比較して見せると、肩をすくめて吃《ども》りはじめるのだという。娘のその行動は学校で覚えてきて、わざとしているだけだと思うけれど、驚かせる意味でマルカム先生に診てもらわなければとアンは言う。

医者に診てもらうことで、娘は驚いて吃らなくなるだろうという彼女のこの判断、対処の仕方は、あまりにも幼稚で思慮が足りない。また彼女のこの対処は根本的な解決となっていない。吃るのは精神的な不安が原因となる場合が多いので、まずそれを取り除いてやることだと彼女の母親もいっているが、馬耳東風で、娘の内面を理解しようという姿勢はみられない。

さらに母親はアンに、アン自身もヘレンの年頃に吃っていたと話すが、次女は自分と同じであることをアンは認めたくないのである。訳

Katherine Mansfield's Birthplace, 25 Tinakori Road, Wellington, New Zealand; circa 1900.

のわからない返答をしながら、心の中では腹立たしさを感じ、末っ子の息子の話題に変えてしまう。

次女が自分と似ている事を快く思わないアンであるが、そのアンと次女ヘレンの類似性に注目してみたい。アンの夫が帰宅した後、彼は子供たちの服地の請求書をみて怒鳴り始めるが、その時のアンは夫の怒鳴り声を聞きながら、酔いが醒めたら彼の怒りも治まると達観している。この場面は、新しい服を無くしたために父親から叱られているヘレンが、「今は叱られているけれど、みんな夜になれば眠りにつくのだから」と思っている場面に通じるものがある。

この二人は、現状に対処せずに、時間の経過に拠り所を見出している。このことは、アンの母親、ヘレンの祖母との類似性へとさらに発展し、作者の主張となるが、それは祖母について言及する時にまとめるとして、アンと次女ヘレンの親子関係をみてみたい。

アンとヘレンの会話は作品中では殆どなく、たった二箇所だけである。教会からの帰り道にマルカム医師に出会ったときに、「ヘレン、服(を汚さないで)！」と注意を促している時と、服がなくなったと知って「服を何処に置いたの？」と娘に尋ねている場面だけである。

母親は服について以外は言っていないし、その上とても簡潔にしかも強く言っているので、娘ヘレンとの会話も成り立たず、そのために娘の本質を理解出来ていないと思われる。しかし娘を理解することより服の方が重要な意味を持つと、アンは思っているのである。なぜなら彼女にとって娘たちの服は自分自身の虚栄であり、妻であり母親であることの強《したた》かさの象徴でもあるからである。娘たちの服は、彼女たちのための服ではなく、彼女自身の主張に他ならないのである。

次にアンの夫、ヘレンの父親についてみてみたい。彼は自分の周りの人達如何によって自分の対応を変えることが出来たり、虚勢を張ることが出来る人物である。帰宅して、会合で仲間に冗談を言って笑わせたと自慢げに妻に話すが、その内容をどうしても思い出すことが出来ない。ここで彼の威厳が無くなり、頼り無い男性と化すのである。

その後、妻が娘たちの服を縫っているのを手にとって、カシミア独特の感触を感じ取り、妻の言う見切り品の残り布でないことに気付き値段を尋ねる。そして勘定書きを見つけ出して、子供の服地代であるにもかかわらず、「百万長者と結婚したのだろう」「嫁入り仕度が出来ただろう」と怒鳴り始める。

金銭的に勘定高い人物で、特に嫁入り仕度云々という愚痴は、女性の従属性の嘲笑であり、家長の権威と、家長に隷属し、あるいはせざるを得ない女性の地位をこの時とばかりに主張している。アルコールの勢いもあるとはいえ、権威を強調するのみで誠実さがみられない男性である。

その翌朝、彼は幼い末息子をあやしながら、「男の子というものは、騒ぎを起こすのが好きだとママに言ってやれ」と言っている。昨晩の自分の言動を何気なく正当化しているようで、ここに彼のエゴが見られる。彼のこの特質は、次女の服がなくなって大騒ぎになった夜にもみることができる。

彼は「マルカム医師が陰で糸を引いているのかも」と根拠のないことを、さも重大なことのように、しかも眠っている妻を起こしてまで言っている。さすがに妻は夫のこの発言を真に受けることはなく、一笑に付すが、これが逆であったら、夫はたいへん怒るだろうと思っている。

このように彼は自己中心の家長であるが、妻から次女のよくない言動を何度も聞かされているので全く疑おうともせず、彼も次女にはあまり好意的ではない。マルカム医師を食事に招待したとき、医師はヘレンに庭を案内してほしいと言うが、その時父親は彼を食事に招待したことを後悔している。彼も妻と同じく、次女ヘレンより末息子や長女をもっと注目してもらいたかったのである。

彼は服がなくなった夜、娘たちの部屋に出向くが、威圧感を与えているだけで、ヘレンに事情を聞くこともせず、また彼女の内面を理解しようという姿勢も持たない。これはレヘンが吃るから、驚かせる意味でマルカム医師のところへ連れて行くという妻と同じ発想で、子供の本質を知ろうとする姿勢を持たず、威張り散らすだけの貧弱な父親、家長の人間性を示している。

カースフィールド家の残る一人、アンの母親でヘレンの祖母についてみてみる。この老婦人は冒頭で、チラチラ光るランプが気になり、水が入っているからだと何度も娘にいう。けれども娘からは、くどくど言うのは年のせいと疎《うと》ましく思われる。また次女ヘレンをなぜ嫌うのか、娘婿も同じで、二人ともヘレンの感情を傷つけたがっているようだと老婦人は思う。ヘレンはすぐに服を汚すのでレースを付けないでと娘はいうが、それは言い訳に過ぎないとも思っている。それでこの老婦人は、レースならたくさんあるのだから、袖口より少し上のほうに付けてやれば良いと娘アンに言う。短絡的な発想をする娘とは違って、この老婦人は事実を認識し、善処しようとする術を心得ている。

生家二階　子供達の寝室

しかしその反面、物事を理解してはいるが、それに対する行動が伴っていない部分がある。まずランプに関しては、水が入っているに違いないと断言しているだけで、それを取り除いてはいない。また孫娘ヘレンが服を破いて家の中に入って行く時も、彼女の様子が変だと気付いてはいるが、黙っていて何の行動も起こしていない。

彼女のこの特質は、マルカム医師から、ヘレンをどこまでも庇《かば》ってやってほしいと頼まれたときの様子からも理解できる。娘婿ヘンリーへの言い訳まで考えていながら、「（たとえヘレンが）打たれても……」と言い出し、マルカムは自分の思い――ヘレンを庇って欲しい事――を彼女は全くわかっていないことに落胆する。

「ヘレンは明日の朝には、打たれても忘れているでしょう……」という老婦人のことばは、物語の冒頭部分の彼女の言葉との伏線でもある。孫娘にぞんざいな扱いをする娘に今日こそはっきり言おうとするが、時計の音がうるさくてうまい言葉が浮かばず、結局は言い出せなくなっている場面である。

老婦人と時の関係は物語の最後の場面、服が見つかって医師が彼女に手渡した時の彼女の言葉「時間をかければ、何事もうまくいくわ」からも理解できる。何事にもあくせくすることなく、時が全てを解決してくれるという彼女の考えである。彼女のこの発想は、娘アンや孫娘ヘレンの発想と同じである。

アンは、子供たちの服地代が高すぎると夫が怒鳴り散らしているときに、「明日になれば落ち着くだろう」と思っているし、ヘレンは新しい服を無くしたことで父親に叱られているときに、「みんな、もうすぐ寝に行くだろうから……」と思っている。彼女たちは耐え難い現状にいるが、時の経過に望みを託している。三世代続くこの姿勢は、人間が苦境を乗り越える術であり、人生の適応能力なのかもしれない。

しかし孫娘は打たれても次の朝には忘れてしまっていることや、打たれることを我慢すれば、人形を買ってあげる約束をしたという老婦人から、物事を根本的に解決する姿勢を持っていないとマルカム医師は落胆する。そして同時にこの場面では、マルカム医師がたとえ名医であっても治癒することが出来ないというアイロニーも含まれているのである。

マンスフィールドの作品に登場する老婦人、お祖母ちゃんは、たいていの場合洞察力が深く思いやりがある。そして謙虚で、あらゆることに対して公平に判断できるほぼ完璧に近い人物として描かれている。しかしこの作品ではその立場を名医マルカムに譲り、この老婦人は物事の道理を理解出来ず、ただ孫を甘やかせるピント外れのお祖母ちゃんとしか描かれていない。このようなお祖母ちゃん像は唯一この作品だけであり、その点ではこの作品の特徴といえるのかもしれない。

次にそのマルカム医師についてみてみたい。彼はカースフィールド家の人達と違って、唯一ヘレンの良さを見出している人物である。誰よりも彼女に注目して、彼女の本質を理解しようとしている。母親は、褒められる娘は当然長女であると思っているが、彼は常に次女ヘレンの方がいいと思っている。彼は正確に人を理解できる人物で、次女への不満や小言を鵜呑みにするだけで、次女の本質を理解しようとしない父親と対照的である。

新しい服が無くなった夜、父親は次女の話を聞いてやることもせず、罰することだけを断言して退室している。娘を理解しようという姿勢はなく、ただ威圧して子供を萎縮させているだけであるが、マルカムは違っている。彼はユーモアを交えて彼女に話しかけている。彼女をリラックスさせて内面の障壁を自然に取り除きながら、彼女との距離を近づけている。そして彼はさらに一歩踏み込んで、彼女に庭を案内して欲しいと言って、二人になる機会を作る。

そこで彼は再び冗談を言って彼女を和ませると、打ち解けた気持ちになった彼女は「先生は、私の服、本当に好きですか？」と彼に尋ねる。そして「お嬢ちゃん, あなたはどうなの？」と、彼女の本心を聞き出そうとする。彼の偏見のない様子に安心したのか、彼女は服に対する率直な気持ちを話し始めるのである。

よくない出来事は全てヘレンの仕業と決め付けてしまう母親、その独断と偏見をもつ母親の話をそのまま受け入れてしまう父親。この両親は次女を厄介な子供として偏見を持ち、彼女の本質を理解する姿勢を全く持たないが、マルカム医師は彼女の本質を見極めたいという姿勢をもつ唯一の人物であることがわかる。

人の本質を知るには、自分の目で見、理解し、そして判断することである。それをせずに他人の意見をそのまま受け入れて人を評価することは、大変危険なことである。人の心を傷つけ、閉鎖的にしてしまうこともあり得るからである。それは心の殺人であり罪悪である。作中の両親はまさにこの罪を犯している。そして傷ついた次女の内面を癒す人物こそが、医者であるマルカムなのである。

マルカムに癒される次女ヘレンは、冒頭からどうしょうもない厄介者として母親の観点で紹介される。何事にも無頓着で、無作法で乱暴な女の子であるらしいが、マルカム医師から新しい服について尋ねられたとき、彼女は「新しい服を着たまま生まれて死にたいくらい好きだ」と答えている。だからその服を汚さないために、教会でも彼女なりに気を遣っていたことも彼に話している。彼女は、決して無頓着な子供ではないのである。

新しい服は好きだけれど、服に付随すること、仮縫いや試着、服を着ているときにしてはいけない事などが煩わしいと、彼女はマルカムに話している。さらにこの服を破いたりすれば、母親に殺されるかもしれないとまで言っている。彼女にとって服は、自分の行動を制限する煩わしいもの以外の何物でもないのである。従ってカシミアの上等な服であれ何であれ、そのようなことは彼女には全く関係がなく、制限の多すぎる服は、彼女にとって精神的に圧迫されて窮屈な物なのである。

しかし否応なしにそれを着せられ、しかも家族の者がいないとなると、彼女は全てを忘れて行動してしまうという。家族の者と一緒の時は、してはいけないことを実行しなければならず、それが彼女の本意と相反し、内的に混乱するという。これは彼女が無頓着なのではなく、言い付けを守ろうとする気持ちと、実際の行動が一致しないだけであって、彼女は両親が思っているような厄介な子供ではなく、純粋な心を持つ子供なのである。

その証拠に、彼女は着ている服をアンに調《ととの》えてもらうときに、なぜかもじもじした様子を見せるが、これは彼女の嬉しさの表れである。母親に服を調えてもらうことは、嬉しいけれどなぜか照れてしまう。彼女はそのような子供らしさを失わない純粋な心を持った子供で、姉ローズのように小賢しく生きることが出来ない子供である。

新しい服を破いた後、その服を戸棚の上に隠そうと服を放り上げるが、そのたびに落ちてくる。その服を彼女は「いまいましい、厄介な服だ」と思う。彼女にとってそれは自分を喜ばせてくれるものや楽しみを与えてくれるものではなく、ただ煩わしい物に他ならないのである。この描写は、親の虚栄、圧迫などを必死で振り払おうとするヘレンの姿で、彼女にはそのような意味合いを含む新しくて上質な服よりも、気ままに過ごせて、自分らしさを発揮できる服のほうがずっといいという意味も併せ持つのである。

仲間によっては虚勢を張り、家長の権威をかざす父親、子供には上等の服を着せてと虚栄を張る母親、大人からは常に良い子、可愛い子として認めてもらいたく思う姉ローズ、娘夫婦に言いたいことも言えず気を遣い続ける老婦人。そのような家族の中でただ一人、自分を偽らず純粋な気持ちを持ち続けているのがヘレンである。子供への無理解な大人たちと、唯一子供の心を癒す医師マルカム。子供にとって、特に女の子にとっては最高に嬉しいはずの新しい服であるが、その服を通して、人のさまざまな考え方、捉え方を示している作品である。

人形の家

日本で人形の家というと、子供の玩具のような発想をする方も多いと思うが、この作品で述べられている人形の家は玩具というより、とても立派な邸宅を精巧に縮尺された模型のようなものと理解していただきたい。身分の高い人達が有する贅沢品なので、この作品においても、子供たちに見せてもいいけれど、「見るだけ」と念を押されているのである。

以前、日本のある大手百貨店で人形の家の展示会があり、ヨーロッパの豪華絢爛な人形の家が展示されていた。まさに贅沢品そのものであり、金持ちの象徴であると実感したことがある。

その豪華な贈り物は、この作品ではバーネル家にしばらく滞在していたヘイ夫人からのお礼として送られたものである。その素晴しい贈り物をもらったバーネル家の子供たちと、それを見たいが為に彼女たちに媚びへつらう級友たち、そして彼らの仲間にも加えてもらえない貧しいケルビイ姉妹の様子が描かれている。子供の世界ではあるが、大人の、あるいは社会の縮図とも考えられる物語で、そのことから登場人物の人間性、階級などを、作者の象徴的技法の観点からみてみたい。

タイトルにもなっている人形の家の正面全体が開かれ、応接間、食堂、台所、寝室など全てが一度に見えたとき、主人公のキザイアは「神様が真夜中に天使を連れて歩いていらっしゃる時に、私たちの家をこのようにご覧になっているのだろう」と思う。この「神様」の象徴は「我らのエルス (Our Else)」と皆が呼んでいるケルビイ姉妹の妹と関連する。

Portrait of Katherine Mansfield, 1913.

彼女はナイトガウンのような長い白い服を着て男の子の靴を履き、鎖骨がくっきり出ているのがわかるほど痩せた小さな子である。そして髪を短く切り、とても怖い顔をした女の子で、まるで白いフクロウのような外見であるという。

彼女のこの特徴はさらに、物語の後半でキザイアが彼らの為に開いてやる門、彼らが見たいと思っていた人形の家を見るために通る「白い門」に繋がる。神や白は「純粋」、「純潔」を意味し、キザイアやケルビイ姉妹の無邪気で純粋であることを強調している。そしてその純粋な心の持ち主のキザイアによって開かれるこの門は「力、権力」の象徴で、純粋であることは権力より勝ることを述べている。

「我らのエルス」は「白いフクロウ」のようだと表現されていて、鳥の象徴を持ち、彼女の姉は大きな赤い羽根で飾られた成人女性用の帽子を被っている。また姉妹たちは常に仲間外れにされていて、けれども他の女の子たちの話だけでも聞きたいという思いで、彼女たちが移動するたびに、邪魔だと言われない程度に姉妹たちも移動している様子を鳥のイメージと関連させている。またキザイアに人形の家を見せてもらっているときに、突如ベリル叔母から「出て行け」と言われたりなど、他人から阻止されるたびにあちこち飛び跳ねるように移動している彼女たちの様子にも鳥のイメージがある。姉妹間でもめったに口を利かないし、他人から何をされても又言われても何も言わず素早くその場を去っていく様子は鳥のイメージと相応しいものである。

物語の終盤で、ベリル叔母に追い払われたケルビイ姉妹は、バーネル家から見えない場所で、道端にあった大きな赤い土管の上に腰をおろし、姉は羽の付いた帽子を脱いで膝の上に置く。この場面で鳥のようにあちこちと動き回っていた彼らからは、鳥のイメージがなくなることが暗示されている。彼女たちの、動から静への変化なのである。

二人は土管に座って夢見心地で遠くを見渡す。「干草の囲い地や小川よりまだ先にあるアカシアの林」で、そこには乳を搾られるのを待っ

K. マンスフィールド生誕の家
ウェリントン, ティナコリ通り二十五番地

ているローガン家の牛がいる長閑な光景である。この風景描写はそのまま彼女たちの精神状態の描写でもある。

人形の家を見ている途中で追い払われ、怖くて厭な思いをしたであろうはずの彼女たちであるが、そのようなことは「すっかり忘れてしまって」いる。それは汚れた物を全て流す大きな下水管に腰掛けている二人の場面からも理解できる。

そしていつも厳しい表情をしていて、めったに物を言わず、そしてめったに笑わない妹「われらのエルス」が微笑み、「あの可愛いランプを見たよ」と静かに姉に言う。実際に火を灯《とも》すことなど出来ない人形の家のランプがエルスの心に火を灯し、その結果、遠くまで広く見渡している描写となるのである。そして一番遠くに見られる「乳を搾られるのを待っているローガン家の牛」の描写にある牛や乳には、「豊饒」の意味があり、これはまさに彼女たちの内面の豊饒そのものであるといえる。

この作品では登場人物の大部分が子供である。だから子供の世界を描写しているかというと、そうではない。大人の世界が子供の世界にしっかりと根を下ろし、というよりこの作品そのものが、大人の世界そのものと捕らえることも出来るのである。

まず人形の家について友人たちに話しをし、また人形の家を見に来る友達の選択権も長女のイザベルにあること。ここに長女の支配権があり、次女三女はその特権を当然の事と認めていることである。そして友人たちはというと、我勝ちにイザベルに付きまとったり、媚びるような微笑をしたりして、自分が特別な友達であることを強調するようなしぐさをしている。

彼らの親はというと、ケルビイ姉妹とは口を利いてはいけないと子供たちに言い聞かせている。なぜならケルビー家の母親はあちこちの家を回る洗濯女（当時は一番卑しい仕事とされていた）であり、父親はというと、誰もはっきりしたことは知らないけれど刑務所に入っているらしいからである。そのために子供たちは、自分たちの興味をそそる物が無くなると、全く何の抵抗もしない姉妹を大勢でからかうという残忍な行動に出ている。これは大人の価値観、この場合は特に人間の残忍性が、そのまま、純粋であるはずの子供の世界に浸透していることを述べている。

姉妹をからかうエミーは、「彼女の母親がこのような場合にする」のと同じようなしぐさをしていたり、教師でさえケルビイ姉妹には特別な声で対応したり、また姉がありふれた花束を持って来たときなどは、他の子供たちに向かって特別な微笑みを浮かべたりしている。このような大人たちの言動は、そのまま子供の世界に反映されて、醜い子供の世界が形成されているのである。

大人と子供の二つの世界は人形の家を通して、また別の角度からも述べられている。それは豪華で立派な人形の家には不似合いな人形の存在である。応接間で気絶したように寝そべっている父親と母親の人

二番目の住居 Korori Road 372 番地
「人形の家」の舞台である

形や、二階で眠っている二人の子供の人形は、人形の家には不釣合いなくらい大きいとキザイアは思っている。このことは、人間社会の醜さを象徴している。またこの人形の家には二本の煙突が屋根に膠《にかわ》でくっつけられていて煙が出ることがなく、したがって循環し、浄化することは考えられないのである。これはケルビイ姉妹が腰掛けている下水管と相対するものである。

さらに、人形の家を送ったヘイ婦人 Mrs. Hay の名前 hay は「干草」を意味し、これは最後の場面で姉妹が見るアカシアの林にいる乳牛のイメージ、豊饒とも相対するものである。不均衡で、不浄で潤いのない大人の世界、そしてそれに似た子供の世界と、身なりは汚らしいが穢《けが》れをしらない純粋な心を持つ子供達との対比でもある。

その純粋な心を持つケルビイ姉妹は、級友たちと口を利いてはいけないと言う彼女たちの親からの「言いつけ」をしっかりと守っていて、キザイアが白い門のところで人形の家を見に来るように誘っても「あなたのお母さんから、話をしてはいけないと言われているから」と姉は断る。しかしよほどのことがない限り意思表示をしない妹が、姉のスカートを引っ張って人形の家を見たい気持ちを表したため、姉は妹の気持ちを汲んでやることにする。それでキザイアは白い門を開いて彼女たちを招き入れるのであるが、「権力、力」を意味する門を開くキザイアには、前述した純粋性だけでなく、権力に対する果敢な挑戦をする子供を意味していることが解る。そしてこの彼女の権力への挑戦が、大人ではなく、子供のギザイアであることも作者のアイロニーであることに気づくのである。

前奏曲
――登場人物の特質について――

「前奏曲」には五人の子供と六人の大人が登場するが、そのなかでもキザイアは特に子供社会の中で詳しく描かれている。彼女はリンダ(キザイアの母)、フェアフィールド夫人（キザイアの祖母）と共に、この作品で重要な意味をもつアロエに関心を持つ人物である。子供ではあるがキザイアは特に強い関心を示しているので、その彼女についてみていきたい。

キザイアは未知の世界を知ろうとする姿勢が強く、その為に行動範囲が広く、対人関係の多い子供である。特に祖母とは親密で、彼女の感化を大いに受けているが、母親とは作品中にただ一度だけ言葉を交わしているだけで祖母ほど感化を受けていないかにみえる。しかしキザイアの内面を見ると、母親リンダとの共通点を多くもっていることに気が付く。そしてこれが、この作品の主題との関連性があるようにも思えるので、彼女の外面的、内面的特質を見てみたい。

キザイアは母親より祖母フェアフィールド夫人の影響が強く、その祖母も物語の冒頭から登場して孫のキザイアに深い思いやりを示している。彼女はきちんとした性格で、それは荷物が運び去られて空き家になった家をみても明らかである。小さなもの、ビーズ玉などを置き忘れたりしている部屋もあるが、祖母の部屋はきちんと片付けられていて何も残っていないとキザイアは説明している。

また新しい家でも、引っ越したばかりなのに台所はすっかり祖母に馴染んだ感じで違和感がなく、台所にあるそれぞれの品物がまるでひとつの模様のように調和していると述べられている。台所だけでなく、客間や客間に置かれた飾り気のない、黒々とした家具も彼女と調和しているという。このように秩序正しく物事を運ぶ彼女の特質は、何気ない挿話の中にも見られる。

冒頭では、隣人のサミュエル・ジョーゼフ夫人に世話になる幼い孫娘キザイアとロティに対して、「トイレに行きたい時はサミュエル・ジョーゼフ夫人に言うのよ」と言い聞かせていて、孫だけでなく預かってもらう夫人への配慮も忘れない彼女の特質がみられる。また新しい家のベランダに置かれたテーブルや椅子がびしょ濡れになれば、絞っては拭きという動作を丹念に繰り返している。また、引越し荷物から出した額縁をそのまま直ぐに掛けようとする娘ベリルに対して、埃を払い縁を丁寧に拭いてから掛けている彼女の几帳面な性格もみられる。

何事にも調和を持たせ、秩序正しく物事を運んでいるフェアフィー

あおばずく（青葉梟）の親子（左親、中央と右が子供）
高見 嚴 氏 撮影

ルド夫人は、この作品の中で唯一完成された人物である。「小さな五匹のフクロウが座っている銀色の三日月」のペンダントを彼女は付けているが、これは「何事に対しても秩序正しく出来る、卓越した能力を持つ女家長」を意味しているのである。

キザイアはこのような祖母と特に親密な孫で、冒頭では先に新居に行く祖母と離れ難い態度をとるし、祖母は祖母で食事の時に彼女のパンを細かくしてやったり、眠るときも二人は一緒である。さらに新居の広い庭を歩き回っているときも、キザイアは祖母が驚くようなものを花や葉で作ってプレゼントしようと思っていることからも、彼らの親密度が理解できる。

祖母が驚くようなものを作ろうと、秩序正しく花や葉を配置し、そのことから彼女の色彩感覚も優れていることがわかる。彼女のこの感覚はままごと遊びのときにも表れていて、女中となった彼女のテーブル・セッティングでは、花や葉を秩序正しく並べていて、祖母と同様、彼女もまた几帳面な性格であることがわかる。

彼女のこの秩序に対する認識は、冒頭で彼女を迎えに来た使用人と馬車で新居に向かう時の会話からも理解できる。星の位置は固定しているのかいないのか、乱れることはないのかという疑問であるが、調和や秩序に対する認識のない大人と、それに対して敏感なキザイアとの会話がこの場面で見られる。

このキザイアの子供らしい興味や感覚などを、作者は五感を使いながら詳細に述べて、彼女の秩序や調和に対する認識を強調している。新居に向う馬車では、妹のロティは眠ってしまうが、彼女は眠いのを我慢しながら、見知らぬ町の様子を観察している。風が吹いて身震いしながらも空を見上げて、「星は風に飛ばないの？」「ラムとシープはどう違うの？」などと馬車を操る男性に尋ねている。「ラムには角があって追っかけてくるんだよ」という彼の答えに対して、「犬やオウムのように飛び掛ってくる動物は嫌いよ」というキザイアは、それを言った後、指で彼のもじゃもじゃした袖口をなでて気持ちを落ち着かせ、話題を転換させている。

何事にも興味を持つキザイアは新しい家の広い庭に対しても同じで、早速一人で「探検」を始める。玄関に向う二つの道の片方は「全て高くて黒い木」で、「見たこともない潅木」が茂っている。そしてその潅木の「羽毛のようなクリーム色の花を揺すると、ハエが音を立て」て飛び立ち、恐ろしいことがわかる。もう一方の道には、椿やバイカウツギ、バラなど多種類の花が咲き、色彩豊かな世界が広がっていることを認識する。そして花壇の囲いとして植えられている柘植《つげ》の木の上に腰をおろし、強く押し付けると素敵な腰掛になることを発見し喜んでいる。そしてまた、その木の中の方は埃だらけであることに気付き、彼女はかがんで覗き、くしゃみをし、鼻をこすっている。このように感覚器官を使いながら、未知の世界に対する理解を深めていくキザイアの姿が描かれている。

この作品でキザイアと同様に感覚器官を使っている人物として、キザイアの母リンダがいる。知識欲が旺盛な子供のキザイアだけでなく、大人のリンダも大いにそれを使っていることに気付く。これはキザイアと祖母の親密さがはっきりと描写されているのに対して、副次的であるが、興味深いことである。

病弱のリンダは鳥の鳴き声で目を覚まし、自分の物が全て部屋に納まっていることや、夫スタンリーが出勤したこと、そして子供たちが普段通りに遊んでいることを確認しながらも、まだ寝床にいる。寝返りをして壁の方を向き、指先で壁紙に描かれた葉や茎、ケシの花の蕾などの線をたどり始める。そうしていると、それが、ねばねばした柔らかい花弁や、丸スグリの実のように毛羽立った茎やざらざらした葉や、堅いすべすべした蕾のように指先に感じられるという。

触覚によって、単なる模様ではなく、生命あるケシの花になると彼女は感じている。つまり視覚や聴覚だけでなく、触覚が物の本質を見極めるのに大切であるといっている。そしてこの感覚がキザイアとリンダに与えられ、かれらの共通点として、またこの二人が物の本質を見極める人物として述べられているのである。

リンダは、彼女の母フェアフィールド夫人に対して、母親の姿を見ていると心が慰められ、彼女の甘い匂いや柔らかい頬や腕の感触が自分には必要であると思っている。嗅覚だけでなく、触覚でそれ以上の安堵感を持つことは、新居に向かう途中でキザイアが飛び掛ってくる怖い動物のことを思ったときに、御者の男性の袖口に触れて安堵の気持ちになったことと同じである。

リンダは子供たちに対して母親としての役割を果たせず、夫に対しても彼の身の回りの世話を出来ない妻である。その彼女の代わりをしているのが母フェアフィールド夫人であり、彼女にとってはかけがえのない人物で、繋がりの強さを述べている。

キザイアと母親リンダの内面的な結びつきを考える時、二人とも犬

Katherine Mansfield with other members of her family c1898.
At back: Vera, Jeanne, Kathleen, Mrs Beauchamp.
Front: Chaddie (Charlotte), Mrs Dyer, Leslie

や鳥などのように飛び掛る物が嫌いだという共通点もある。リンダはおとなしい犬でも嫌いなので、キザイアの従兄弟ピップとラッグズは彼らの愛犬が家の中に入らないように気をつけている。

この犬はいつも彼らの悪戯の的にされていて、わけの分からない、変な臭いがする液体を体に掛けられたり、またその液体は「いつ爆発するかわからない」とか「灯油と混ぜれば何千匹の蚤《のみ》も殺せる」など嘘八百の言葉でキザイアを始めとする遊び仲間を驚かしている。これは元気な男の子の描写であるが、同時に男性の支配力や攻撃力、破壊力の象徴も併せ持っている。

それに対して、リンダは「飛び掛ったり」「大きな声」を出したりする夫を「ニューファンドランド犬のようだ」と言って嫌悪し、またキザイアは、前述したように飛び掛ってくる犬やオウムなどは嫌いといっている。彼女たちのこの様子は支配的、攻撃的な男性の態度への嫌悪であると考えられる。

犬と同様に飛びかかってくる鳥については、物語の最初から、キザイアやロティ、そして従兄弟のラッグズを述べるときに、イメージとして述べられている。例えば、サミュエル・ジョゼフ夫人にお礼を言うときのキザイアやロティの声は「すずめの鳴き声」のようであるとか、新居に到着したときのロティは、眠っているところを起こされたために「巣から落ちた小鳥」のようだとたとえられ、階段でよろめいている。またラッグズはとても痩せているので、「服を脱ぐと肩甲骨が二枚の小さな翼のよう」に突き出ていると紹介されていて、子供と小鳥のイメージが一体化されている。そしてそれら全てはあまり良い印象を与えられていないことに気付く。さらに鳥のイメージは、小鳥がだんだん大きくなって赤ん坊になるというリンダの夢と関連づけられて、病弱の彼女は小鳥 ⇨ 赤ん坊 ⇨ 妊娠を拒否し、嫌悪していることがわかる。

また男性と鳥との関わりについては、体力のあるスタンリーがシャツから頭が出ずにもがいている姿をみて、妻リンダは「大きな七面鳥」のようだと言ったり、下男パットのアヒルの首切りや、それを女中のアリスが料理して食卓に運ぶアヒルなどがある。スタンリーを七面鳥に例えることで男性と鳥とを関連付け、さらにパットのアヒルの首切りなどにつなげている。

パットのアヒルの首切りは、男性の破壊的な要素や道徳意識の堕落を暗示し、ピップと愛犬スヌーカーとの挿話とも共通する。しかしこの二つの挿話の違いは、配慮のない下男パットが、思慮分別がまだ完璧でない子供たちに「殺害」を見せることで、このことは悪戯好きなピップと愛犬の挿話のように微笑ましいものではない。それは男性の破壊力の恐ろしさを強力にアピールしているのである。

そのことは女中アリスが食卓に出したアヒルのイメージにも通じる。スタンリーはその肉を見事に切り分け、それを大いに自慢する。彼は女性が肉を切り分けるのが殊の外嫌だという。この何気ない夕餉《ゆうげ》の描写にも、男性の破壊力や支配力の暗示があることに気付く。そしてまたその男性の支配に対して、不本意ながらも服従する女性たちにも気付くのである。

この男性支配に対する不本意な服従の場面は、物語の冒頭からすでに見られる。サミュエル・ジョーゼフ家の子供部屋に入り、息子のモーゼスの隣に座るが、その時に彼はキザイアをつねる。しかし彼女は男性の攻撃的な行動に嫌悪感を持ちながらも、それを無視している。母や祖母たちに置き去りにされただけでも心細いのに、モーゼスだけでなく、父親と同じ名前のスタンリーにまでからかわれ傷つけられる。子供らしい悪戯であるが、その中に男性の不誠実さや、女性への脅威が含まれている。

その彼らに対してキザイアはというと、泣いていることを知られたくないので、「涙がゆっくり落ちていくのを、ちょこっと舌を動かしてそれを上手に受け止めて飲み込んで」いる。幼いながらも彼らに対する悔しい気持ちを堪《こら》えているキザイアの姿は、病弱の母親リンダが、食欲旺盛、元気溌剌の夫スタンリーに対して堪えている態度に通じている。

このように作中では何の関わりも持たない母娘ではあるが、それぞれの行動や内的なものに共通点がある。これはキザイアと祖母フェアフィールド夫人の絆の強さと同様に、この母娘の絆の強さもまた示されているのである。しかしその一方で彼女たちの相反する点も述べられている。

そのひとつとして、光に対する反応がある。キザイアは引越しの荷物が全て運び出された後の家に入って部屋を見て回るが、夕闇が迫ったのを感じると恐ろしくなって家の外へ飛び出してしまう。新しい家では、広い庭を見て回っているときに、玄関に向う道が二つあることに気付き、高くて黒い木がたくさん並んだ恐ろしい感じがする道より、色どり鮮やかな花がたくさん咲いている花の世界に広がる道を選んでいる。キザイアには陰より陽の方が楽しい気持ちにさせてくれるので好きなのである。

しかし母親リンダはというと、ブラインドを一番上まで上げるのが嫌で、それよりもむしろ暗闇を好む。彼女の声は「深い井戸の底から響くような声」、「洞窟の奥から話すような声」と表現されていて、光よりもむしろそれから遮断されているイメージが強い。またこれは自分の中に閉じこもっている彼女の様子や、あらゆる知識や出来事などを拒否する彼女の態度とも関連する。たとえば子供や食べ物、活動などの拒否、不愉快な事柄への当惑や嫌悪、そして人生を無視したような態度などがあげられる。これは娘キザイアがあちこち探検しながら新しい世界を認識し、自分の行動範囲や知識をどんどん広げていく行動と対照的である。

彼らの対照的な行動として、鏡を見る場面も興味深い。キザイアは作品の冒頭で、以前住んでいた家の食堂のステンドグラスから外を眺

生家の向かいにある建物の二階廊下にあるステンドグラス

めた後、普通のガラスでもう一度自分の見た同じ場所を見て確かめる。青の世界、黄色の世界を眺めた後、普通のガラスで現実の色や形を確かめて安心している様子から、現実をはっきりと把握したいと思う彼女の姿勢が理解できる。

これは物語の最後で、キザイアがひどく汚れた白い猫を化粧台に乗せて化粧瓶の蓋を猫の耳に被せ、「さあ、しっかりと自分を見るのよ」と猫に言っている場面と共通する。猫の耳に蓋が被さっている不自然な姿は、耳を裏返しにされた上にとても嫌な臭いがする従兄弟の愛犬スヌーカーと同じで不自然な姿である。しかしたとえそうであっても現実をありのままに把握するべきだと思う少女の姿勢、これは、現実をしっかり見つめながら歩むであろう彼女の姿勢と考えられる。

キザイアのこのような様子と対照的なのが、母リンダである。彼女は鏡の前を通る時は顔を背け、鏡に映る自分を見ようとはしない。これは現実に対する彼女の認識が深過ぎるために、その現実をはっきりと認識することに耐えられない彼女の姿である。洞察力を失っていない子供のキザイアに対して、すでにそれを失ってしまい人生の苦悩に耐えるだけの母親リンダの姿なのである。

キザイアとリンダの対照的なもうひとつの点はアロエを見るそれぞれの姿勢である。茎が太くて大きく膨れ上がっているアロエをリンダが見上げている場面があるが、これは彼女が妊娠していることの暗示である。それは女中のアリスが読んでいる本に書かれている内容——妊娠している人の場合にはお産が軽くてすむであろう——と関連し、さらに百年に一度しか咲かないアロエが蕾を付けているという事実などから、一層確かなものとなる。

また頭上高く、まるで宙に浮いているようなアロエは、雲の上から見下ろすようにスタンリーを見るリンダの姿のようであり、また鋭い爪のような根で大地をしっかり掴んでいるアロエは、彼女が全面的に母親に頼りきっている姿でもある。「そり返っている葉に何かが隠れているようなアロエの姿」とはリンダ自身の描写で、彼女はスタンリーを愛し尊敬しているが、性的な事柄に関しては憎悪の感情も併せ持っていて、その憎悪を隠しながら生きている彼女を象徴的にアロエの姿で表現している。

リンダはその後再び母と共にアロエを見て、今まさに出港しようとしている船のように感じる。月の光に照らされて夜露に光りながら船出するように見えるアロエは、光を嫌い暗闇を好むリンダが、自分の旅立ちを想像しているようである。またそれは、不本意ながらも男性に協力し、服従する女性の受身的な人生、周りの生活に興味がなく、無感動な人生を送っているリンダの逃避願望でもある。

これに対してキザイアはというと、彼女は庭を歩き回っている途中にアロエを見つける。古くなって破れている葉もあるアロエは、彼女には樹齢を重ねた醜い姿として映る。これは彼女が祖母フェアフィールド夫人から学んだ、調和や秩序と相対するものである。調和や秩序を好む彼女の姿勢は、すでに物語の冒頭から現れている。サミュエル・ジョーンズ夫人のスカートがだらしなく緩んでコルセットの紐が見えていることに不愉快な思いをしたり、引っ越した夜は、いつもと違ってシーツが敷かれていないことを不思議に思う。また従兄弟の愛犬スヌーカーの耳がいつも裏返しにされているのを見て不快な気持ちになったり、首を切られたアヒルの無残な姿を見て、使用人の男性に首を元に返してと金切り声を上げている様子などからも理解できる。

調和のとれた秩序正しいものを好むキザイアは、破れた葉のあるアロエは異様に思えてならず、母リンダに尋ねる。この場面は、全く会話のない母娘が唯一会話を交わし、アロエの神秘性を高める場面であり、またキザイアが百年に一度しか花が咲かない植物もあることを初めて知る場面でもある。他の姉妹のようにままごと遊びをしたり、決まりきった日常生活を送ることを好まず、あちこち歩き回って未知の世界を知ろうとするキザイアは、祖母や母の影響を受けながら一人の女性に成長することを暗示している。

この作品では混沌としているあらゆる物が、時間をかけながら秩序正しくなっていく過程が示されていることがわかる。それを考えると、キザイアたちのままごと遊びは子供たちの大人社会への前奏であり、フェアフィールド夫人やリンダを始めとする登場人物の人生は、死への必然的な前奏であることもわかる。

そしてまた引越しは、新しい家に向う前奏であり、新しい家の荒れた様子は、日毎に秩序正しくなる前奏である。そして新しい家の庭は暗い潅木が茂る道への前奏であり、花が咲き乱れる別の世界への前奏であることもわかる。このようなことから、この作品を「アロエ」から「前奏曲」に改題した作者の意図が理解できるのである。

前奏曲
——人物や場面について——

ひき続き同じ作品であるが、観点を少し変えて、主人公キザイアと登場人物とのエピソードを考え併せながら、それがどのような関わりや意味を持ち、我々読者に周知させたいのかをみてみたい。

男性の登場人物を見てみると、空き家となったバーネル家の隣人サミュエル・ジョーンズ家の二人の息子たち、そしてキザイアの従兄弟で、引越し先の近くに住むピップとラッグズ、バーネル家の使用人たち、そしてバーネル家の主でキザイアの父親スタンリーがあげられる。まずはじめに、彼らとキザイアとの関わりを見ていきたい。

サミュエル・ジョーンズ夫人は、ティーポットの保温カバーのように暖かい人物として描かれているが、彼女の息子たちはキザイアをつねったり、ありもしないおやつを食べるかと言ってからかったりする。彼女はからかわれて悔しい気持ちになり、その上家族の者から置き去りにされた寂しさも加わって涙を流すが、その涙を誰にも見られたくないと思うキザイアは、なめて飲み込んでしまう。

キザイアのこの様子は、母親リンダの夫スタンリーに対する気持ちとオーバーラップしている。なぜなら、悲しい思いをしていてもじっと我慢しているキザイアの様子は、自分の思いとは裏腹に、意のままに生活する夫スタンリーに不承不承従っているリンダの様子と重なるからである。そして皮肉にもキザイアをからかって悲しい思いをさせているサミュエル・ジョーンズ家の息子の一人は、彼女の父親と同じ名前スタンリーなのである。

*From top and left to right: Kathleen (Katherine), Vera,
Leslie, Charlotte Mary, Jeanne. c 1898.*

次にサミュエル・ジョーンズ家の息子たちに代わって、キザイアの従兄弟ピップとラッグズという少年たちが登場する。彼らは女の子と遊ぶのが大好きである。なぜなら兄のピップは女の子を騙《だま》せるからで、弟のラッグズは人形遊びが好きだからである。ピップはキザイアを騙すサミュエル・ジョーンズ家の息子スタンリーと同じで、弱い女性を攻撃したがる男性として描かれ、病弱なリンダに対する夫スタンリーを象徴するものである。

ピップとラッグズは、嫌な臭いがするスヌーカーという犬を飼っている。兄のピップは、自分の犬は喧嘩に強い立派な犬で、喧嘩に強い犬は皆臭うと言い、自分で調合した液体を薬と称して彼らの犬の体に塗っている。そしてその犬の体にブラシをかけて蚤《のみ》を退治して、たくましい闘犬にしようと工夫している。そのピップの天真爛漫で奇想天外な着想と実行力は、サミュエル・ジョーンズ家の子供たちの悪戯と比べるとはるかに微笑ましい。しかしサミュエル・ジョーンズ家の子供たちの悪戯に象徴的な意味があったように、この兄弟の挿話にも意味がある。

ピップの天真爛漫で奇想天外な着想の混合物――少しでも目に入れば盲目となり、スプーン二杯で何千匹もの蚤が殺せるという薬らしい――は、男性特有の破壊力や残忍さの象徴であり、また後述する使用人パットのアヒルの首切りの挿話と関連する。彼らのたくましい闘犬は、飛び掛る物が嫌いというリンダが、夫スタンリーをニューファンドランド犬のようだと例えていることと関連している。それは人の気持ちを無視して飛び掛る犬――攻撃的であること――とは、リンダの気持を考えず妊娠、出産を強いるスタンリーと関連させているからである。

使用人パットは陽気で快活な男性で、子供好きである。この好感を持てる男性の腰には斧《おの》が光っているという。この美しく輝くパットの斧は、可愛いアヒルの首を一瞬にして切り落とす非情な刃に豹変すると同時に、男性の残忍さをも暗示している。刀剣は光の優美さと非情さの両義性があり、その刀剣の両義性と男性の破壊力や残忍性を鋭く示している。

キザイアは新しい家に向う時、自分を馬車に乗せて家まで送ってくれているその男性の温室で、以前ブドウを取ったことを思い出す。その時に彼は小さなナイフで大きなブドウの房を切り、それをバスケットに三枚のブドウの葉を敷いた上に、そっと置いていたことを思い出している。それは長閑なブドウ摘みの光景であるが、命を絶つ儀式でもある。この描写は幼いキザイアの思い出であると同時に、アヒルの首切りという生々しい挿話の伏線となっていることに気付く。

その生々しい場面でキザイアだけが、「首をもと通りにして」と切り落としたパットに叫ぶ。彼はそんなキザイアを抱き上げるが、その時彼女は彼のイヤリングに気が付き、「付けたり外したりできるの？」と尋ねる。彼のイヤリングは、アヒルの首と違って取り外しが出来ることを知り恐怖心が和らぐ。また彼から、日常生活の身近なところにも、驚くべきことや残酷なことがあることも教えられる。外してもまた付ける事が出来るイヤリングと、切り落とされたアヒルの首を比較し、世の中には外され、切り取られることから生まれる残忍性、恐怖感ばかりではなく、取り外しが可能なものも存在し、そこには恐怖や残忍さなどはないことも知る。そのことを知ることでキザイアは、アヒルの首を切り落としたパットに抱かれて安堵しているのである。

彼女の同じような経験は、物語の最後でもみられる。叔母のベリルを呼ぶために彼女の部屋にやって来るが、叔母が出て行った後もその部屋に残り、小脇に抱えた汚れた白い猫を化粧台に座らせて、その猫の耳に化粧品の蓋を被せる。鏡に映った自分の姿におびえた猫が蓋を落とした瞬間、彼女はその蓋が壊れてしまったと思う。しかし壊れていないと知った彼女は、軽やかな足取りで部屋を出て行く。この挿話もアヒルの首切りの場面と同じく、取り外す、切り取る、壊れるなどからくる恐怖感を一瞬味わうが、安堵という反対の感情もすぐその後で体験して部屋を出るのである。

このキザイアが唯一接触を持っていないのが、彼女の父親スタンリーである。彼はパットが首を切り落としたアヒルが丸焼きにされて食卓へ運ばれると、ナイフで切り分ける。彼はあらゆる種類の肉を巧みに切り分けることを自慢し、女性がそれをするのを嫌っている。平和な家庭の和やかな食事風景であるが、この光景も刀剣の破壊力や残忍性を不似合いな美しい描写で強調している。

彼のこうした家長としての振る舞いは他にも見られる。都会から田舎への引越しを強行したり、引越しで落ち着かない時であっても、スリッパやステッキがないと言って家族全員に探させたり、娘ばかり三人なので、跡継ぎが欲しいと病気がちの妻を困らせたりしている。彼のこのような行動や態度を、内心はともかく、女性たち全員が受け入れている。しかしこれは唯一の男性であり、家長でもあるスタンリーのエゴに他ならない。それはキザイアを騙すサミュエル・ジョーンズ夫人の息子スタンリーや、騙せるから女の子と遊ぶのが好きというピップにも見られる男性優位のエゴそのものである。

次に女性の登場人物に目を移すと、隣人サミュエル・ジョーゼフ夫人、バーネル家の女中アリス、キザイアの祖母フェアフィールド夫人、叔母ベリル・フェアフィールド、母リンダ・バーネルそしてキザイア自身である。まずバーネル家の人物以外からみてみたい。

隣人のサミュエル・ジョーゼフ夫人は、引越し荷物と一緒に置き去りにされたキザイアとロティを、迎えの馬車が来るまで世話することを約束する親切な婦人である。祖母や母親たちが乗った馬車が出発すると、早速彼女たちを家に入れて、お茶を飲ませて落ち着かせる。そして夕方になって迎えの馬車が来た時も、彼女たちに大きなショールを掛けてやったり、コートの上までボタンを留めて暖かくするようにと心配りをしている。夫人は喘息《ぜんそく》の持病があるにもかかわらず、夜に帰っていく幼い少女たちへの思いやりを忘れない。彼女のこの様子は、疲労困憊《こんぱい》の為に子供たちはどうでもいいと思う母親リンダと対照的である。このやさしいサミュエル・ジョーンズ夫人を、キザイアは「大きな暖かい黒のティーポットの保温カバー」と例えている。この暖かさは、疲労でぐったりしながらもいざ出発となると、置き去りにする少女たちではなく、芝生に出ている家具に向ってだけ手を振る母親の「白い手」の表現と共に冷ややかな母親の様子と対照的である。

家族以外のもう一人の女性として、女中のアリスがいる。彼女はリンダ・バーネルの妹ベリル・フェアフィールドの、人を見下した態度や口の利き方に耐えられず、いつも心の中で、やり返す言葉を考え、それを繰り返している。そしてまるで口に出してそれを言ったかのように思いながら、自分の心を慰めている。

彼女の内面は、サンドウィッチを作りながら「夢占い」の本を読んでいる様子からも理解できる。彼女は自分の意思を自由に表現できない立場にあり、またこの先も自力で人生を開拓できる状況でもないが、彼女なりに現在から未来への展開を、少しでも知りたいという気持だけは持っているのである。しかし悲しいかな、彼女はバーネル家で飼われている鶏やアヒルのように、彼らの意思に従って生活せざるを得ない立場なのである。

このようなアリスは、食卓に運ばれたアヒルと比較されている。どちらも鮮やかな色をしていて張りのある艶やかな肌をしているが、彼女は「燃える赤色」をしていて、アヒルは「スペインのマホガニー（赤黒色）」のようだという。生命あるアリスが燃え立つような赤い色をしているのは当然であるが、バーネル家の人々の生きる糧の為に生命を絶たれたアヒルと、彼らの為に自分の人生をささげるアリスは、どちらもバーネル家の犠牲者とも言えることで共通点がある。

冒頭の引越し騒ぎのなかで母親リンダと隣人サミュエル・ジョーンズ夫人は相対する人物として描かれていることはすでに述べたが、リンダの子供たちへの冷淡さに相対するもう一人の人物として、祖母フ

あおばずく（青葉梟）の子供たち
高見 嚴 氏 撮影

ェアフィールド夫人がいる。彼女は幼い二人の子供などどうでもいいと考えるリンダと、彼女たちのめんどうを見ることを申し出てくれた隣人サミュエル・ジョーンズ夫人との間に立って、あれこれ考えた末に、彼女の好意に甘えることにする。そして迎えの馬車が来るまで待つことになった孫たちに、まずサミュエル・ジョーンズ夫人にお礼を言わせ、次にトイレに行きたくなった時は、そのことをはっきりと言うように教えている。彼女はどのような場合でも現実を理解し、問題点の把握とその打開策を講じている。

彼女のこの特質は、引越し早々であっても台所の外の様子を見て、緑のぶどうの葉が茂っている事や、茂ってはいるけれど、この場所はオーストラリアのように日が照らないので美味しいブドウは出来ないことなどに気付いている。

またリンダはアロエを見て人生に対して錯綜した考えを巡らしているのに対して、フェアフィールド夫人は果樹園にはどのような種類の木々があるのか、ジャムはたくさん作ることができるのか、菜園には立派なスグリの木が何本もあった事などを心に巡らしている。彼女は日常生活に直接かかわる事柄にいつも気を配っていて、それは自然が確実な周期で変化して我々に恵みを施しているように、彼女も常に家族に健康と安らぎを与えるために、家族への心配りをする中心的役割を担っているのである。

その彼女の特質を象徴しているのが、「銀の半月に小さなフクロウが五羽留っている」彼女のブローチである。数字の五は、彼女の娘リンダ、ベリルと三人の孫娘を意味し、フェアフィールド夫人はこの五人の生活を節度ある状態のなかで温かく見守り、彼らもまた、その彼女の導きに従って人生を歩んでいることを意味しているのである。

また引越し早々であるにもかかわらず、きちんと整頓された台所の様子を見てリンダは、台所のどの部分を見てもお母さんの声がするというほどフェアフィールド夫人の性格が良く表れていて、調和と統一の取れた見事な台所であると賞賛する。全ての物に違和感を持たせない彼女の特質は、彼女の手にはめた二つの指輪がクリーム色をした彼女の手に溶け込んでいるようだという表現で象徴的に表している箇所もある。

さらに窓辺で茂っている生き生きした葉のようにフェアフィールド夫人も美しく、この場所に同化しているような彼女の姿にリンダは慰められる。そして彼女は母親の必要性を、以前にも増して強く感じる。リンダは三人の娘をもつ母親であるが、体が弱いこともあって母親になりきれず、未だに実母に依存している様子も理解できる。

フェアフィールド夫人の次女ベリル・フェアフィールドは、引越し当日の夜、キザイアが床に入った時に、階下で高笑いをする陽気な叔母として登場する。しかし実際は引越しで疲労していて、しかもその引越しについても口には出さないが、大いに不満を持っている。姉の家族に母親と共に同居しているという境遇なので、疲れていてもそれに関しての不満は言い出せない。いつかどこかで大金持ちの青年と出会えると想像する反面、自分が自由に使えるお金があればいいのにと現状を嘆いている女性である。

彼女のこの落ち着かない特質は、引越しの翌日の様子からも理解できる。絵を何処に掛けるかという時に、意地悪い物の言い方や、腹立たしげな目付きであたりを見ている様子からも理解できる。ようやくその絵を掛ける場所を見つけて掛けようとするが、フェアフィールド夫人はまずその額の埃を払おうとする。しかし彼女はその様子を見ていらいらしたり、唇を噛んだりしていて、物事をきちんと処理するフェアフィールド夫人に反発していることがわかる。

彼女のこの一連の言動は、義兄スタンリーが強行した引越しの為に町から遠く離れてしまい、男性とめぐり合う可能性がそれまでに比べて一層少なくなったことに対する苛立ちである。しかしこの場所を離れるのに必要なお金がない彼女には成す術もなく、この点においては姉のリンダ同様、男性支配に従わざるを得ないのである。

しかし姉との違いは、姉はその不満を外に出さないが、彼女はその感情を母親にぶつけたり、「たくさんの小鳥が見える、高い木々で囀《さえず》り……」と歌ったりしている。この歌詞には鳥のように彼女は自由に羽ばたけないことや、また世の中には鳥のようにたくさんの男性がいるが、此処にいる限り、その彼らとの出会いは殆どないだろうという意味合いを含ませている。それに気付いた彼女は歌うのを止めて、硬い真鍮の安全ピンを赤いサージのカーテンに突き刺すという行動に移している。

彼女が歌うもうひとつの歌は、誰かが彼女に向ってギターで弾き語りをしてくれていると想像しながら、彼女がギターを弾いて歌う歌である。母親フェアフィールド夫人の落ち着きとは対照的に、彼女は新居の各部屋を行き来して落ち着かない。恋人もなく、また出会いの可能性も以前にも増して少なくなった今の境遇に苛立ちを覚え、自分のような美しい女性を見初めてくれる男性などいないことを嘆く。白いサテンの服を素敵に再生しても、それを着る日がいつ来るのかさえもわからない退屈な世界ではあるが、他人から素敵だと言われている自分自身を鏡に映して自分の愛らしさを再認識している。内面では不安や焦りが渦巻いているが、実際は正反対に振舞っているのである。彼女にとって、想像の世界に自分を置いて現実逃避をすることが唯一の打開策なのである。

ベリルの姉リンダバーネルは、病弱のために引越しの慌しさとは無縁の状態で、ゆったりとした朝を迎える。朝の爽やかな鳥の囀《さえず》り、彼女はそれを騒々しく感じながら、前夜見た鳥の夢を思い出している。夢の中で雛鳥がどんどん大きくなって彼女のエプロンに落ち、それが大きな赤ん坊になっていて驚いていたことを思い出す。そして物は生きるという不思議な仕事をやってのけると思う。この鳥に関するイメージは、洗面台の水差しが巣籠もりをしている太った鳥に見えるという表現と共に彼女の出産を連想させるもので、病弱な彼女には出産に対する恐怖は拭えないものとして立ちはだかっている。

彼女にとって出産は不本意そのもので、部屋にある外出着や帽子を見て逃げ出したい気持ちに駆られるが、その外出着の上に夫が濡れたタオルを放り投げる描写から、彼女のその企ては不可能であることが暗示されている。彼女も妹ベリルと同様に不本意な人生を歩んでいて、その為に逃避願望が強く表れている。彼女のこの内面は、月夜の晩に母親とアロエを見ている場面で鮮明に解き明かされる。

彼女には、アロエは波に乗ってオールを上げた船のように、そしてその船は遠い彼方へどんどん進んで行くように見え、それがとても現実的だと感じられる。下の方から見ると、長い鋭い棘が葉を縁取っていて、この鋭い棘の為に誰も近付いたり追いかけたりしないであろうと思うと、彼女はその鋭い棘を好きになる。また百年に一度しか花を付けず、鋭い棘で誰も周りに近付けないアロエの力強さに憧れ、そのアロエと相反する自分の境遇を思う。

そして夫を愛し尊敬してはいるが、三人の娘に恵まれているのに、さらに子供を望む彼を憎んでいる自分に気付く。この二つの正反対の夫への感情は、どちらも偽りのないものだということも実感する。今年には花が咲きそうなアロエを見て、自分を守りたいという本心とは裏腹に、夫の望み通り子供を生み続ける自分とアロエを比較して、アロエの力強さと、アロエのような力がない自分を認識し、不本意ながらも夫の意に従っていくだろう自分を思う。

彼女のこの思いは、リンダと月の関係をみることで明らかになる。夫が帰宅して彼らの寝室に入った時、彼女は窓を閉めようとする。その時はまだ月は昇っていなかったが、彼女にはまるで月が昇ったかのように感じられたために、身震いして窓から離れて夫の隣に腰を下ろしている。妻の座から逃げ出したいと思っている彼女は、ここで「処女性の象徴」である月に引き付けられるが、身震いして夫の傍らに腰を下ろす。この描写から、不満を持ちながらも、仕方なく現状を受け入れて生きる彼女の様子が理解できる。

仕方なく現状を受け入れて生きるリンダに相対する人物として、次女キザイアがいる。彼女はサミュエル・ジョーゼフ夫人の息子たちにからかわれて涙を流しても決してその涙を見せようとはしないし、姉イザベルが自分の支配下に彼女を縛り付けようと思ってもその場を去ってしまい、ひとりでいろいろな場所を見て回る。

冒頭で家族から置き去りにされたキザイアは、サミュエル・ジョーゼフ夫人の子供たちとのお茶の後、今では空き家となった元の家に引き返して各部屋を見て回る。部屋には何もなく、あるのは塵やがらくただけであるが、そこには置き去りにされた彼女の寂しさと、住み慣れた家を離れる寂しさが重なって空しい気持になっている。廃墟となった我が家に落胆しながらも部屋を見て回り、各部屋が眠っているような静けさを感じてさらに侘しい気持ちになるが、「長い幾条もの金色の日の光」が部屋に差し込んでいる様子を見て、廃墟の中にも生命力を帯びている箇所があることを認識している。

またステンドグラスを通してミズザゼンの花や、芝生で遊ぶ妹ロティをみるが、ここで静と動のコントラストと共に想像力も手伝って彼女の経験を広げていく。さらにキザイアは子供特有の冒険的気性を発揮し、いろんな経験をどんどん積んでいく。このような彼女に姉が「お母さんごっこしよう」と誘っても、「そんなの嫌いよ」と自分の意見を主張する。これは、現状を不承不承に受け入れている母親との大きな相違である。

馬車で新しい家に向っている時にラムとシープの違いが話題にでるが、彼女は、犬やオウムのように飛び掛る動物は嫌いだと言っている。また新しい家の庭を歩き廻っているときには、牡牛が嫌いとも言っている。他にキザイアが嫌いなのは、従兄弟のピップとラッグズが飼っている犬のスヌーカーの耳が裏返しになっていることである。本来の姿でない状態（形の裏切り）を嫌うキザイアの特質は、アヒルが首を切り落とされた場面においても、首をもとに戻すようにと言っていることからも理解できる。

新居の門から玄関に向う二つの道の一方を辿ると、大きなアロエが育っている。そのアロエは真ん中から太い茎を高く突き上げているが、古くなって折れた葉は地面に落ちて枯れていて、醜い姿を現している。太い茎が高く突き上げている様子から生命力を、そして枯れて醜い姿のアロエの様子からは死または死の影として捕らえられるが、幼いキザイアにはそれを具体的に理解できない。

しかしリンダにはそのアロエは「頭上高く、まるで空中に浮かぶ」かのように、そして「しっかり大地を掴んでいて、根の代わりに鋭い爪を持っている」ようで、また「葉には何かが隠れているよう」で、「茎は如何なる風にも揺るがない」力強いものに映る。彼女にはアロエが、キザイア以上に力強く逞《たくま》しい物に思われ、醜いとは思えないのである。アロエは自分にはない力強さをもち、人生における性も含めて、人間の基本的な生命力の象徴であると、リンダは見ているからである。そしてさらに、妊娠を回避したい彼女にとって、百年に一度しか花が咲かないという理由も加わり、彼女は一層アロエに引き付けられる。

リンダはアロエを通して生に対しての本質的な理解をし、キザイアは子供であるが故に、漠然とではあるがアロエを通して生や死を捉《とら》えているようである。この二人のように、生の本質について理解している人物だけが、アロエに近付いている。

登場人物の中で彼ら二人以外にアロエに近付く人物は、フェアフィールド夫人だけである。彼女はあらゆる物の調和と統一を図り、バーネル家の人々の精神的な拠り所となっていることから、彼女も生に対する認識があるのは当然と考え、この三人の関連性を光やアロエを通してみてみたい。

キザイアとロティが新居に到着した時、フェアフィールド夫人はランプを持って孫たちを出迎えにやって来る。しかし彼女は眠っているロティを抱いて家に入らなければならない為に、そのランプをキザイアに手渡す。そして彼女はそのランプを持って、妹を抱く祖母を導きながら家に入って行く。ランプを持って進む彼女はまさに祖母の継承者であり、祖母のように全ての人や物に愛情を注ぎ、秩序正しく調和のとれた人物として人生を歩むであろう彼女の未来の暗示であると解釈できる。

アロエの挿話をみると、子供たちへの愛情はなく彼らに近付こうとさえしないリンダであるが、キザイアがアロエを見ている時に小径を歩いてやって来る。そしてアロエについて質問するキザイアに、答えてやっている。これは、この作品で唯一母娘が会話する場面である。そのためにアロエの神秘性が一層高められるが、それと同時に、共通点を多く持つ母娘を印象付け、キザイアも母親と同じように人生に対して正しい認識を持ちながら歩むであろうことを暗示している。

このことから、キザイアはリンダの前奏（序曲）であり、またフェアフィールド夫人の前奏でもある。そしてリンダはフェアフィールド夫人の前奏であるともいえる。そして子供の世界は大人の世界の前奏であり、新しい家の荒れた様子は、日毎に秩序正しくなる前奏であり、新しい家の門から延びる二つの道の暗い潅木が茂っている方は、花が咲き誇っているもう一方への前奏である。そして登場人物全員の人生は、死への必然的な前奏なのである。

海辺にて

この作品は「前奏曲」に続く物語として作者は自信を持って世に送り出していて、「前奏曲」と「海辺にて」の二つの作品は、共にマンスフィールドの秀作だと言われている。またこの作品は、彼女の一連の作品の中では登場人物が比較的多く、彼らを通して人生に対する様々な姿勢、幻滅、受容、諦めや死、そして生への志向性などを見ることが出来る。一見普通の中流家庭の日常生活を描いた物語のようであるが、この作品の中には、近付きつつある作者の死に対する悲痛な叫びも織り込まれている。

「海辺にて」は日の出前から、真夜中までの約十八時間を描いた作品で、同じような時間的手法で書かれた作品としてジョイスの「ユリシーズ」、ウルフの「ダロウェイ夫人」などがある。しかし「ユリシーズ」は 1922 年、そして「ダロウェイ夫人」は 1925 年に書き上げられていて、1921 年にすでに完成しているこの作品は、まさに画期的な作品といえる。作者自身も、この作品の意図は「時」であることを手紙の中で明言している。しかし、時に関する言葉は第五章で「十一時」とあるだけで、彼女の作品にしては比較的長い作品であるが、それ以外に時の表示は全く見られない。そのなかでスタンリー・バーネルだけは、物語の中でただひとり、時を口にしているのである。彼の規則正しい生活、定刻に出勤し帰宅する生活を述べて、彼を太陽と関連付けている。太陽が昇ると同時に彼は作品に登場し、太陽と同一化されているのである。

作品の冒頭は時刻については全く明言されていないが、誰もが大体の見当をつけることができる。太陽がまだ昇らない頃、あたりが白い霧に包まれて視界もはっきりしない頃、そして人間も含めた自然界の目覚めの前であると理解できる。そして太陽の出る前、出るとき、そして出た後の自然界の描写を視覚に訴えて、時間の流れの観念を間接的に表現している。この作品では時の明言がなくても、太陽や自然の描写で時刻を把握できるのである。

作者は、自然、例えば木、花、鳥、動物、太陽、月、そして海などを比喩的に表現し、自然と小説の主題を一体化させている場合が多い。この作品も例外ではなく、時と太陽そして自然を関連付けている。太陽の動きや自然を言うことで時刻を想起させ、時間を呈示するという直接的な手法を避けている。

作品では太陽が最も強烈に輝くころに、時の巨大な威力を示している。それはオーストラリアのウイリアム叔父さんのことを考えている祖母へのキザイアの質問と、それに対する彼女の内的独白である。過

Beauchamp 家（マンスフィールドの実家）の夏の別荘（増築された建物）
Day Bay

ぎ去った昔に死んだ息子の事を思うと悲しくなるだろうかと老婦人は考える。息子に先立たれた悲しみは大きいはずであるが、今となってはもの悲しくはならないと彼女は思う。時が悲しみを忘れさせてくれるからである。

「遅かれ早かれ皆死ぬのよ」という祖母のことばを理解できないキザイアは、「自分を置いて行かないで、決して死なないで」と言いながら老婦人をくすぐっているうちに、二人とも何が決してなのかを忘れてしまう。この場面で作者は、時間と忘却の関係を示している。人間は遠い昔の出来事、しかもそれが最も悲しい出来事であっても、年月が経つにつれて悲しく思わなくなってしまうし、それ以上に数分前の出来事であっても忘れてしまう事さえある。時は人間の感情や記憶を圧倒し、またどのような事も全て時間によって緩和され、薄れていくものだと述べている。

太陽が沈む頃、ピップとラッグズの父親ジョナサン・トロートが息子たちを迎えにやって来て、庭にいたリンダと話す。彼は自分の生活は囚人のそれと全く同じであるし、また籠の中の鳥のようでもあると義姉のリンダに言う。また彼は、自分から部屋に飛び込んだ虫のようで、壁や窓、天井などあらゆることに可能性を見出そうとするが、二度と外には出られないと言う。二人の息子を育てる為に必死で、さらに良い労働条件の下で働いたほうが良いのではとも思うが、意気地もなく、根気もなく、頼みの綱も無いという現実を彼女に伝えている。この場面で、否定語 not や全部否定 no が繰り返されていて、人生を嘆いている彼の内面が強く示されている。

それに対して彼女は、「人はどんなことにも慣れるものよ」と言う。とやかく言いながらも、人間というものはそれぞれの生活に慣れてくるもので、そうして時が過ぎ去っていくのだと彼女は言う。しかしそれでは人生が短すぎると彼は主張する。

人間に与えられる時は極めて短いのに、我々は時に対して全く無意識のまま、何気なく過ごしている。そして気が付いた時は、やり直すことも出来なくなっていると彼は言う。

ジョナサンと同様に、時の短さを認識させてくれる人物としてスタンリーがいる。朝食のテーブルに付く彼は、時計を置いての忙しい食事をする。そして「馬車が出るまで、後たった十二分三十秒」、そして「行ってきますという時間もない」と言って出勤する。

ウルフも彼女の作品「ダロウェイ夫人」にビッグベンや教会の鐘、あるいは時計の音で時刻を告げて、登場人物の意識や場面を変化させたり、作品全体に時間的な秩序を持たせて一日の物語をまとめ上げている。しかし彼女達の違いは、時の告げ方にある。ウルフは作品の中で、ただ単に「何時何分」と時刻を表示して、我々に時間の概念を喚起している。

しかしマンスフィールドは、スタンリーの食事の場面からも分かるように、「後何分」「何分しかない」と言う表現を用いている。この表現から、朝の慌しさを理解できるが、さらに深く考えると、人々に残された人生、許されている時の短さに対する喚起であることがわかる。

早朝の泳ぎの時に、スタンリーはトロートに「時間がない」、「急いでいる」のことばを繰り返し言っている。彼のことばは、病弱の作者に残された短い時間に対する叫び、死に対する悲痛な叫びであると理解できる。

この「時」の短さを、作者は太陽の動きでも強調している。リンダとジョナサンが話し込んでいる間、太陽は沈んでしまう。作者は日没の描写で、子供たちが遊びに夢中になっている間に夕焼けは消え、「夕闇が素早くあちこちに走り回る」といっている。作品では、時を忘れて遊びに夢中になっている子供たちの描写であるが、これは言い換えると我々人間はうっかりしていると、気が付いた時には、もうすでに死の影がせまっているということである。人生とは、人に与えられた時とは、このように儚《はかな》いものであると作者は説いている。

太陽の動きに注目しながら作品を見てきたが、ここで気が付くのは、日の出の描写は一箇所であるが、日没のそれは、第九章と第十章の二箇所に見られることである。病気がちの作者は、いつも死の影を見ていた為に、日没の短さを人生の儚さとして強調したかったのかもしれないが、それだけではない。

この第九章と第十章は、「時間の流れが逆になっている」とか、「平行したものである」などと言われているが、多少の時間的なずれはあるものの、ほぼ同時進行と考えられる。

この同時進行が作品で取り上げられているのが、「園遊会」である。主人公ローラは主が亡くなった家庭を訪問し、自分たちがパーティで楽しい思いをしているときに、死者がでた貧しい家庭では悲しい思いをしていたことに気付く。彼女はそこで、正反対の事件が同時に起こっていたことを知る。しかし幼い彼女はそれを表現する術が分からず、兄に対して「人生って……」と口ごもって泣きじゃくってしまう。

The Beauchamp Family, Tinakori Road, Wellington, New Zealand; circa 1898.

この作品の最後の場面と同じく、人生とは一度にたくさんの事が起こり、それは一つ一つ整理整頓できるものではなく、このことは、そのままこの作品の第九章と第十章に当てはまるのである。日没後の僅かな時間であるが、一方では晩年に差し掛かったジョナサンが短い人生を嘆き、他方では子供たちが無邪気にトランプ遊びに興じている。この二つの描写は、時の同時性と、日没で暗示される人生の儚さを強調しているのである。

作者はさらに時間の微妙な変化を述べながら、登場人物を描写し、時を追及している。スタンリーとフェアフィールド夫人は、忙しく動き回る現在に生き、娘時代の思い出の中に生きるリンダは永遠なる過去に、子供たちは永遠に続く現在に、そしてベリルは未来に生き続けている。

時の流れである過去、現在、そして未来に、それぞれの世界に相応しい登場人物を住まわせて、時の意義を説いている。特にスタンリー、フェアフィールド夫人、そして子供たちが、逞《たくま》しく、元気いっぱい生きている現在に重点が置かれていることから、作者の人生に対する真摯な姿勢を理解することができる。楽しい過去、希望に満ち溢れる未来もあるだろうが、現在を着実に行き続ける事、スタンリーのようにがむしゃらに生き、フェアフィールド夫人のように人生を愛し、そして時には子供のように無邪気に生きる事。これは死期が近付いている作者の、人生に対する姿勢であったに違いない。

船　旅

この作品は、母を亡くした少女フェネラが父と別れて、北島のウェリントンから祖父が待つ南島のピクトンまで、祖母と共に船で行く物語である。母の死、父との別れ、そして祖父母とのこれからの生活に対する不安などは何一つ描写されていないが、それらを人間の五感に訴えながら見事に少女の内面を描いている。それについて、単語の持つ音質などを中心にこの作品をみてみたい。

船旅という楽しげなタイトルとは裏腹に、冒頭では暗闇の中で人が慌しく動き回る不気味な描写で始まる。そして星の輝く美しい夜に、幼い主人公フェネラが「旧桟橋」と呼ばれる波止場から、風で吹き飛ばされそうになる帽子を押さえながら歩き出している。幼子にとってそれだけでも煩わしいことであるが、深い闇の中に聳《そび》え立つ起重機、家畜貨車、大きな機関車など、夜の港にあるたくさんの巨大な物体は、彼女を威圧し怯《おび》えさせている。さらに、彼女の目に写る暗闇の中の不気味なくらい高いもの、大きくて微動だにしない黒くて巨大なものも、彼女の恐怖感を煽《あお》り立てている。

そのような暗闇の波止場でおずおずと光る小さなランプの描写があるが、夜遅い時間に波止場を歩く小さな主人公にとって、このようなランプではあまりにも心許なく、それが返って、寂しく感じる少女の気持ちを代弁しているようでもある。また父親のイライラした足早な歩き方や祖母の気忙しげな歩き方が、少女には理解出来ない恐怖感を一層駆り立てることになる。そして見知らぬ人たちが帽子を目深に被ったり、襟を立てて歩いたり、襟巻きをして小走りに行く様子も、彼女の不安な気持ち、恐怖心を強くさせている。

少女の不安感、恐怖心の描写には、いくつかの技法があることに気付く。まず作品の時間設定である。夜の十一時半出航という、本来ならば子供は夢の中にいる時間帯で、その時間に起きていることさえ珍しい時刻に、しかも家ではなく港にいることである。そしてその暗闇の港には大きなもの、高いものがたくさんあって、港の空間、横や上への描写で広がりを述べながら、小さなフェネラを脅《おびや》かしているのである。

しかしそれ以外に言葉、単語を上手く使いながら、少女の恐怖心を伝えている。冒頭の段落では /ɔ:/, /u:/、そして /ou/ の母音をもつ単語 darkness, Old Wharf, saloon, boat そして stewardess や、/b/ や /d/ の濁音の子音を持つ単語、多音節の単語などを用いて少女の恐怖を表現している。

また少女の帽子が強い風に吹き飛ばされそうになる場面の描写には、

ティナコリの丘からみるウェリントン港

摩擦音の /f/ を持つ単語を多く用いて風がピューピュー吹く様子と、そのようななかで父親や祖母も含めて足早に歩く人達の様子を単音節の単語を並べたり、子音 /k/ を持つ単語 quick, crackling, black などを繰り返し用いて彼らの緊張した慌しさを聴覚に訴え、強調している。

少女もその彼らの忙しげな歩調に合わせなければならず、それが彼女にとって苦痛なのだが、それをいっそう強めるのが白鳥の形をした柄が付いている祖母の傘である。その柄が、彼女を急げと言わんばかりに肩を鋭く突付くのである。この描写 a sharp little peck はその他の /k/ を持つ単語と共に、彼女の苦悩として印象付けられる。少女の恐怖は高まる一方で、祖母や少女が飛び上がってしまうほどの大きな音、船の汽笛で、彼女の恐怖は頂点に達する。

出航合図となる汽笛が鳴ると乗船し、父と祖母は別れの挨拶をするが、二人の会話は短く、この必要最小限の会話からも出航前の慌しさを感じ取ることが出来る。そしてさらに人々を急がせるかのように二度目の汽笛が鳴り響き出航時間が迫っていることが強調される。しかし強調はそれだけでなく、船内にいる息子を急き立てる母親の口調も単音節のことばで繰り返され、またさらに騒々しくなった船内では、少女に彼らのことばが聞き取れず、二人の口元をじっと見ながら会話を理解している描写を通して騒々しさと慌しさを強調している。幼いフェネラの内面描写はないが、暗闇、たくさんの恐ろしく感じる音、高く聳える物や巨大な物、父親と祖母の様子から感じ取れる緊迫感などを通して彼女の恐怖や不安を推察できる。

彼女の不安は暗闇の中での父親との別れで頂点に達するが、その後祖母と共に船室に向かう。この場面から、悲しい素振りをしない祖母や、船の案内嬢との会話や船室の様子などに少しずつ光が当てられるようになる。これはフェネラの不安感が、徐々に和らいできている暗示である。船旅に慣れている祖母は船室に入ってブーツを脱いだり、襟巻きを身に着けたりしてくつろぐが、初めて船旅をするフェネラは祖母のような気持ちにはなれず、その彼女の複雑な気持ちを /b/ や /d/ の濁音を持つ単語, bobbles, danced で不安を、そして流動音 /l/, smiled tenderly and mournfully で、フェネラの気持ちが徐々に落ち着きつつある様子が理解できる。しかし /t/ などの破裂性の子音を持つ単語も含まれていることから、彼女にはまだ多少の不安感も残っていることもわかる。

翌朝になって船室からデッキに上がったときの描写には、流動音 /l/、柔軟で温かさを意味する /m/ を持つ単語が多く、さらに slowly のように /s/ と /l/ の二つの子音を持っていたり、そのどちらかを持つ単語が多用されている。静止や静寂を表す /s/ と流動音 /l/ は彼女の内面に落ち着きが戻り、平静を保ちつつあることが窺われる。

そしてようやく上陸するという安堵感と万物全てが目覚める前の静寂が、/l/ と /s/ の頭韻で強調されている。夜が明けて暗闇から解き放たれた安堵感、そして不安定な船から上陸した安堵感、そしてこれらか

ピクトン駅

ら得られる平穏は、フェネラの新しい生活がこの地で穏《おだ》やかに始まると解釈できる。

上陸したフェネラと祖母が迎えの馬車に乗って祖父の待つ家に向かう場面には、乗船するときのような巨大な物や高い物、そして人々の慌しさや混雑した様子など、少女を脅かすものは全く何もない。この描写には little cart や little horse など「小さな、かわいい」を意味する little が頻繁に使われている。このことからもフェネラには恐怖の感情がなくなり、落ち着いた平穏な気持ちを取り戻していることがわかる。

さらに波止場から祖父の待つ家に到着し、門から玄関先までの描写でも little が繰り返し使われていて、彼女の内面の落ち着きを暗示している。ここにも彼女を脅かす黒いもの、巨大な物、高く聳えるもの dark, black, huge, high はなく、周りにあるのは可愛いもの、小さいもの、か弱いもので、それを little で表現されている。

フェネラは自分の視点で祖父母の家を貝のよう shell-like に例えているが、貝には水と関連して「豊饒」を、そして「次世代の繁栄」の意味もあり、彼女の祖父母とのこれからの生活の明るい未来を推察できる。

フェネラが門に手を掛けたとき、「大きな震えているような露の滴」が手袋に染み込んでいる。滴 dew には「純潔、浄化」そして「（神秘的な）恵み、保護」の意味があり、少女は祖父母の家で彼らに見守られながら生活し、悲しみを拭い去っていくこと（浄化）を暗示している。これは少女の祖母がメアリー Mary で、聖母マリアを意味する名前であり、少女にとって信頼できる唯一の人物として登場していることからも納得できる。

さらに悲しみから浄化されるであろうフェネラを強調するのが、祖父母の姓クレイン Crane、鶴である。白のイメージを持つこの言葉と共に、丸い白い小石 white pebbles や白いナデシコ white picotees、そして水（浄化）に関連することば如雨露《じょうろ》 watering-can などが置かれている庭を通り抜けて家に入って行く少女の様子は、その後の彼女の人生を象徴的なことばで暗示されている。

家に入ると少女は居間に案内されるが、その描写にも little や white がみられる。特に白い猫 white cat は冷たい少女の手を温めて安心させ、和《なご》ませている。この場面で少女はおずおずしながらも、その白い猫に向かってはじめて微笑みを浮かべる。「純潔」「啓示」「歓喜」「平和」などの意味を持つ white を使って、着実に幸せの方向に進みつつある少女について述べている。

またこの白い猫 white cat を、おとなしい動物として知られるラクダに例えたり、多音節の単語や、/ɔ:/, /ə:/, /a:/ などのような長音を持つ単語を多用して聴覚にも訴えながら、ゆっくりした、しなやかな猫の動作を強調している。そしてその描写を通して、少女の内面も落ち着きを取り戻していることがわかる。

居間で待っていたフェネラは、祖母に連れられて祖父の寝室に入っていく。この描写にも「白髪で長い銀色のあごひげ」をはやした祖父の姿として white が使われている。そしてまた彼を「大きく目を見開いた老いた鳥のよう」だと述べ、祖父の目の輝きや白や銀色の髪やあごひげから、祖父を白い鳥として描写されている。この描写から白鷺が連想され、その白鷺の持つ意味から祖父の描写の説得力を感じる。なぜなら白鷺には「朝」の意味があり、「暁を迎える最初の鳥」を意味するので、少女がこの意味を持つ祖父と対面するこの場面では、まさに彼女の新しい人生の始まりを述べていると解釈できるからである。

作者マンスフィールドは「私は鳥が大好き」とジャーナルにも書いているように、鳥には好感を持ち、さらにその鳥を白で表現することで神聖な意味も加味していると考えられる。さらに白い鳥には「魂とか生命の霊を表すことが多い」ことから、少女を見守ってくれるであろうもう一人の人物として祖父が示されているとも考えられるのである。

また白い鳥のイメージは、少女が持ってきた白鳥の柄が付いている傘とも関連する。作品の冒頭では、急いで歩かなければならないのに彼女の肩を鋭く突付き、彼女の恐怖心を一層強くさせていた傘である。そして船室では椅子の上に立てかけておいたので、落ちて壊れたりしないだろうかという不安が、彼女の内面の不安と一緒になってさらに大きなものにした傘である。白鳥の柄が付いた傘はこのように厄介《やっかい》であったが、下船のときには少女の肩を突付いて悩ますようなことはなくなっている。

白鳥 swan には「魂」、「心」の意味があり、彼女の肩を突付くそれは、彼女の母の死、父との別れなど、少女が深い悲しみを心に秘めていることを意味し、それをずっと抱き続けている彼女の姿を示している。しかし下船の時には傘の柄の突付きがなく、それは辛い悲しみから徐々に解き放たれていると解釈できる。

祖父の寝室に入って彼との挨拶を終えた後、少女は白鳥の柄が付いた傘を彼のベッドの枠に掛ける。何気ない描写であるが、白鳥の柄の傘がベッドの枠にしっかり掛けられたように、彼女も祖父母の家で落ち着き、現在を、そして周りの環境を受け入れている様子をも示しているのである。

周りの状況を把握できるようになった少女の最初の発見が、祖父の寝室に掲げられている言葉「一分はダイアモンドのように、一時間は黄金のように貴重で、何物にも変え難い。なぜなら時は二度と帰ってこないから」である。彼女の祖父母は、時間を大切にしなければならないと思っていて、与えられた時間を大切にしていることがわかる。老いた二人だからこそ、残された僅かな時間の一瞬一瞬が、若い人達にも増して貴重なのである。

祖父母の時に対する姿勢は、少女にも通じるものがある。船出の時の父との別れは悲しかったが、祖母の祈る姿や、船室で寛いでいる祖母の様子を見たりしながら、祖父母の家に着いた頃には、安堵する心の余裕もできたのである。このような気持ちの変化は時間の経過によって生み出されるもので、時の経過は我々に心の落ち着きを取り戻してくれるのである。

作品の最後に時の大切さを具体的に述べられているが、時についての描写はすでに作品の冒頭で「ピクトン行きの船は十一時半出港の予定だった」と示されている。この十一時半出港の船は、出発時間が近づく度に大きな汽笛を鳴らして祖母やフェネラを飛び上がらんばかりに驚かせ、それぱかりか父との別れを急がせている。そして最終の大きな汽笛は、見送りに来ている父に、船から早く下りるようにと祖母に言わせるくらい、人を慌てさせている。

しかしそれに引き換え父親は「まだ三分あるよ」と言って、彼女たちとの貴重な三分間を無駄にしないで別れを惜しむのである。フェネラもこの僅かな時間に父と別れの挨拶をし、その時に、自分のこれからの人生が大きく変化することを悟るのである。僅かな時間の中で起こり得る人生の大きな変化、そしてその変化を幼いフェネラが受け止めている悲惨な状況。それは我々全ての人間に起こりうるものである。ここに一瞬一瞬を大切にということばの意味が示されている。そして少女の現実認識と、残りの人生が僅かな老夫婦が、一瞬の時を大切にしながら生きようとしている何とも不安な、しかし穏やかな雰囲気の描写で物語が終わるのである。

園遊会

この作品は冒頭であるにもかかわらず接続詞andで始まり、それに続いて理想的なパーティ日和の朝を強調している。作品を書くときは「一語の置き違いもあってはならない」という作者の姿勢を考えると、接続詞で始まることは大きな意味があるはずである。andの前にあると思われる事、それはパーティを開くにあたっての主催者側にあったであろういろいろな思惑や気苦労、そして準備などである。それも無事終えて、そして（and）ただひとつ気掛かりであった天気も上々である。ここで園遊会を大きく左右する準備は全て整い、始まるのを待つばかりのウキウキした雰囲気で幕が開くのである。

そして天気の次に、パーティ会場となる庭に視点が置かれている。初夏の黄金に輝く光の下にある庭は、芝生や、以前はデイジーが植えられていた花壇まで美しく掃き整えられて鮮やかである。その中でもひときわ目立つバラの花は、一晩のうちに数え切れないくらいたくさん咲いていて、それは豪華な雰囲気を醸し出していると同時に、主催者側の喜びや期待なども表現している。その豪華なバラは、「たくさんの、文字通りたくさんの」と数を強調し、豪華絢爛であることを示している。その豪華なバラに相反するデイジーは、バラのような華やかさをもたないために、すでに取り払われているという。

人の手で取り払われたこの花壇のデイジーは、主人公ローラが後に被る事になるデイジーの花が付いた母の帽子と関連し、母によってパーティへの参加を余儀なくさせられることへの伏線となる。そして、たくさんの豪華なバラと取り払われたデイジーは、ローラの家族であ

カウリ（ゴム）の木　オークランド郊外

るシェリダン家の人達と、ことごとく意見を覆されるローラ自身の伏線なのである。

豪華なバラがたくさんある庭は、この主催者の裕福な生活を示している。そしてその庭は華麗であるうえに、「天使たちが舞い降りて来て」という表現で宗教的な要素も含ませていて、このことからこの美しい庭は、エデンの園であるとも考えられる。なぜならエデンの園の中央には、生命の樹と善悪を知る樹があるように、このシェリダン家の庭にも、堂々と聳え立つカラカの樹があるからである。そしてエデンの園のアダムに知恵の実をたべるように誘惑した蛇のごとく、パーティの中止を訴える娘ローラに自分の帽子を被せてパーティに参加させる母が重複するからである。

シェリダン家の庭に堂々と聳《そび》えるカラカの樹はローラのお気に入りであるが、職人はその樹の前にテントを張って見えなくしてしまう。黄色の実がなるこのカラカの実は、外側は食べられるが種には毒がある。そして葉は、外傷に効果があるという。立派ではあるが毒をもつこの樹は、シェリダン家の人達の象徴のようである。そしてこの樹が職人によって見えなくされてしまう、切り離されてしまうという様子は、労働者階級に属する人達から多くのことを学び、シェリダン家の家族とは違って、ひとりだけ内的成長を遂げるローラを暗示している。シェリダン家の庭の描写は、物語の内容を示唆する重要な意味を含んでいるのである。

これに対して労働者階級に属する人達の居住地は、シェリダン家に通じている急な坂道を下りた場所にあり、この界隈に住む人達は、洗濯婦、煙突掃除人、靴修理人などである。庭には生活に必要な野菜が植えられているが、手入れがされていないために荒れ果てている。シェリダン家の庭は美しくて贅沢な空間で、そこに憩いを求めるが、彼らの庭は、生活のため、生きるために必要な物を得る空間なのである。庭だけでなく煙突を見ても一目瞭然で、燃料を豊富に使う裕福な家庭からはモコモコとした大きな煙が出ているが、労働者階級の家庭からは、燃料が僅かなために細々とした煙しか出ないと描写されている。

シェリダン夫人は彼らに対して、あのような狭苦しい場所でどうやって生きているのか不思議でならないと、幼い娘ローラの前で格差を強調する。このような彼女であるから、自身は労働者階級の人達との接触を極力避け、常に彼らと距離を保っていて、子供たちにも彼らの居住地域には近付かないように言い付けている。

彼女のこの姿勢は徹底していて、労働者階級との接触は全くなく、常に誰かを介している。それはテントを張る場所を職人たちに指示する任務をローラに、サンドイッチに付ける旗が無いとイライラしている料理人をなだめるのをローラの姉ジョウズに、そしてバスケットに詰めたパーティの残り物を持って行かせる事をローラに言い付けている事からも理解できる。

労働者階級とは一線を画しているために、夫人は世間から遮断されている状態である。しかし皮肉なことに、その労働者階級の人が、シェリダン家に社会の風を送り込む媒介となるのである。シェリダン家にはセイディやハンスなどの使用人がいるが、主人公ローラは母親とは違って、彼らを通して外の社会や人物、出来事などに遭遇し、内的成長をしていくのである。彼女のその過程をみていきたい。

まず最初は、庭にテントを張りにやって来た人夫たちである。芸術的で、物事を取り決めることが好きだからと言う理由で、母親は彼女を指名し、テントを張る位置を指示するために、彼女は庭に出て行く。そこで見た職人は、ローラが母親の口調を真似て気取った言い方をしたにも拘らず、親しみやすい笑顔で接してくれる。そのために彼女は彼らのその表情を見て大いに好感を持つ。彼女には、彼らの言葉使いが少し気掛かりではあるが、でもその言葉の方が親しみやすく、わかりやすいと思う。また彼らはたいへん美しい目をしていて、お互いにとても親しげであることもわかる。さらに彼らのうちの一人がラベンダーの小枝を手に取って香りを嗅ぐ様子をみて、ローラは彼らに一層親しみを持つようになる。

彼らはローラが指定した場所にテントを張ることに同意せず、もっと目立つ場所が良いと言って、カラカの樹の前を提案する。芸術的センスがあるということで母から指名されて庭に出てきた彼女であるが、ここで彼女のセンスが彼らに否定されることになる。しかし彼女は彼ら職人たちの素晴しさを知り、日ごろ食事をしたりダンスをしたりして付き合っている同じ階級の男性がつまらなく思え、彼女自身も働く仲間たちと同化するかのように、持っていたバター付きパンを庭で大胆にかぶりつく。

この場面で、彼女のそれまで持っていた労働者階級の人達への見解が崩れていくのがわかる。また彼女のこの様子は、母親が使用人たちや娘に、そして姉ジョウズがハンスをはじめとする使用人に指示するという上下関係ではなく、対等の立場で相手を理解する姿勢を取ろうとしていることに気付く。さらに彼女のこの様子は、事故死した労働者階級の家庭を訪れて、彼らを理解する場面に至る最初の局面になっている。

次に玄関の両側に積み上げるほどたくさんの百合の花を届けに来た花屋、そしてシュークリームを届けに来た店員が登場する。誰もが驚くほどたくさんの花は、美味しいことで有名なシュークリームと同様、シェリダン家が上流階級であることのさらなる強調である。また同時にそれらを配達する人達は、シェリダン家の使用人と世間話をすることで世間の風を送り込んでいる人々でもある。シュークリームを配達に来た店員は、近所で起きた事件について使用人に話すが、その場に居合わせ、そしてすでに労働者階級の人々に対して好感を持ち始めているローラは、その事件を聞き逃すはずがなかった。

自分がいる社会以外に目を広げ始めたローラと、自分のいる世界が最高のものであると絶対視する母親のかかわりをみてみたい。シェリダン夫人は娘たちに今日だけは母親ではなく、来賓扱いにして欲しいと言いながら、テントを張る場所を決める役割をローラと指名したり、娘の友達にまで、パーティには先週の日曜日に被っていた可愛い帽子を被ってくるようにと指示している。またパーティの準備には関わらないと宣言しながら、誰もが驚くほどたくさんの花を買って届けさせている。ローラから「干渉しないと言ったでしょ！」と咎《とが》められると、「理詰めの母親は嫌いでしょう」と反論する。常に物事を素直に、そして率直に受け止める娘の姿勢と、御都合主義の母親、エゴの母親の姿がここにある。

母親のエゴは他にも見られる。料理人からサンドイッチに付ける旗が無いと言われて腹立たしく感じ、傍らにいた娘たちそれぞれに突如指示を出す。また旗がないのは自分のミスではなく、子供たちの誰かが、自分のバッグから盗んだからだとまで言う。さらにローラの意見を無視して開いたパーティが終わった後で、なぜ子供たちはパーティを開きたがるのかと、子供のせいにしている。

彼女の感情次第で他人に指示する特質や彼女の自己正当化、あるいは利己的な性質は、ローラの姉ジョウズがしっかりと受け継いでいる。パーティの為に、ジョウズとメグ、そして使用人のハンスがピアノをやっと動かすことが出来たその矢先に、パーティで指名された場合に歌うという歌の練習を始めたり、主が亡くなったスコット家へ花を持っていくように言う母親に対して、茎で服が汚れると言って止めさせたりしている。パーティーの準備で皆が忙しくしていてもお構いなしの歌の練習であったり、悲しみに沈んでいる人たちへの配慮より、服が汚れることを優先する自己中心的な発想をしているジョウズは、まさに母親と同じ特質を持っているといえる。

ローラはまず、この姉にパーティの中止を問い掛ける。歌まで練習してパーティに備えている姉は当然反対し、その上、酔っ払いの労働者の為に中止などできないとまで言う。しかし彼女は、トレーラーに怯えて馬が暴れ、手綱を握っていたスコットさんが放り出されて亡くなったという事実を知っているのだ。これは、母親がサンドイッチに立てる旗がないのは、子供たちの誰かが盗んだからだという発想と同じで、現実や真実の重要性より、自分の都合の良いように物事の真実を変えてしまうという残念な特質があるからなのである。

ジョウズに却下されたローラは、次に母親に訴えるが、彼女はまず、自分達の庭で亡くなったのかと尋ねる。自分や家族に関わりが無かったら、近くで誰が亡くなろうと知ったことではないという彼女の考えがここにある。そしてそうではないことを知って安堵し、パーティの中止を唱えるローラに常識をわきまえるように言う。ここで母親の常識が、娘のそれと大きく食い違っていることがわかる。

納得できないローラに、自分がパーティで被ろうと思っていた帽子を被せて、よく似合っていると絶賛する。ローラの友人に日曜日に被っていた帽子を被ってパーティに来るようにと言ったのと同様に、母親はこの場面でも娘に示唆している。しかしそれでもまだ中止しないのは不人情だと主張する娘に癇癪を起こし、パーティは中止しないことを冷ややかに告げている。母親は自分の主張を断固通していて、彼女の常識と娘のそれとは大きな相違があることがわかる。

娘は娘で、母親が自分の意見に理解を示してくれないことに釈然とせず、自室に戻る。そして何気なく見た鏡に映っている自分の姿、母親の帽子を被った自分の姿は、母親が言ったようによく似合っていて可愛く見えたのである。それは取りも直さず母親の言うことは正しいという裏付けであり、またその自分の姿を見て、彼女自身も、この帽子を被ってパーティで華やかに振舞いたいという願望が生まれる。主が亡くなった貧しい家族への思いは遥か彼方に消え去り、さらにはパーティが終わってから考えようという思いに至ってしまうのである。

この鏡は「現象界における物体の出現と消滅」を意味し、彼女の頭にある死者やそれに関する物事から遠ざける物である。ここで彼女の正義感は脆《もろ》くも崩れ去り、被せてもらった帽子によって、彼女は自分の価値観や慣れ親しんだ生活様式を変えることなく、自分たちの世界に留《とど》まることになる。そしてここで、彼女もまた母親と同じ上流階級に甘んじることとなる。二人はこの点においてだけ、即ちパーティに出席するということだけに一致をみる。

パーティが終わった後、母親はローラが言っていた事を思い出し、パーティで残った食べ物を籠に詰めて、主が亡くなった家族に持って行くことを提案する。しかし残り物を持って行って彼らは喜ぶのかと訝《いぶか》しく思うローラに対して、あのような家庭の子供たちにとっては、大のご馳走だと母は言い、ここでもまた二人の考えが異なる。

さらに母親は、パーティのために買ったオランダカイウ（旧属名カラー）も持っていくように言う。この花は近年黄色や赤などの品種改良種が出てきているものの、やはり白が主流である。白は聖母マリアの衣装の色であり、聖性、霊性、完全性、そして慈悲などを表す為、葬儀には白を多く用いられる。しかし母親はこのような理由からではなく、あの階級の人達はこの花に感激するだろうから、という人を見下した横柄な発想からである。彼女には死者を弔う気持ちや、その家族を労《ねぎら》うために花をもたせるのではなく、自分の立場を誇示する手段として花を捉えているのである。

さらに、常に現実的な発想をする姉のジョウズが花の茎で服が台無しになるというと、母親は花は持って行かなくていいと言う。彼らは他者への思いやりや配慮、特に自分たちより身分が下と思える人達に対しては、そのようなものを持ち合わせていないのである。そのために、主を亡くした家庭に品物を届ける場面ではあるが、何か白々しさや冷たさが感じられるのである。

その後バスケットにパーティの残り物を詰めて、ローラはスコット家に向う。それまでは行ってはいけないと言われていた場所へ、しかも一人で行くようにシェリダン夫人は言う。この場面でも彼女の一貫性のなさが表れている。また同時にこの場面は、大きな意味を持つ。この場面までは、労働者階級の人達がシェリダン家に出入りしていたが、この場面はシェリダン家の一人である彼女が労働者階級の人達の家へ赴くという逆の行動パターンである。そしてそれに伴って、ここから背景、人物、色彩、そして時刻など全てはそれまでと正反対となり、場面が大きく転回し、彼女の内面も変化していく。

笑い声、スプーンやグラスの音など、パーティの余韻に浸りながら、ローラは暗くて埃っぽく、そして狭い地区に足を踏み入れる。しかし場違いに派手な服や大きな帽子を身に着けていることに気付き、家に戻ろうと思うがすでに死者の家の前であった。彼女は弔意には全く相応しくない身なりで困惑しているが、家を出るときに母親こそが、あるいは現実的な姉のジョウズこそが気付くべきであった。この場面でも配慮の足りない母親や姉娘が、そして上流階級の人々の自己中心で浅薄な様子が示されている。

取次ぎに出てきた女性は、泣き腫らした顔をしながらも、ローラを家に招き入れる。そして突然の事故で亡くなった夫を悲しむ妻らしき婦人にローラを引き合わせようとするが、その婦人はとても物を言える状態ではなく、取次ぎの女性は、彼女自身も悲しみに耐えながら、その婦人の非礼をローラに侘びる。そしてローラを死者に合わせた後、丁寧に彼女を送り出す。悲しみに耐えながらも笑みを浮かべ、弔問に訪れた幼いローラに失礼がないようにと配慮しているこの女性を、ローラはしっかりと理解している。そのためにその女性に対して何とか自分の気持ちを伝えようとするがことばが見つからず、「こんな帽子を被ってきてごめんなさい」と言ってその家を後にする。

悲しみのどん底にあっても他者へのいたわりや配慮を忘れず、必死に精一杯生き、不幸や苦痛に耐えている人々。社会的地位は低くても、人間的には決してそうではない人々がいる。それに対して地位や身分が高くても自分のことしか考えない、あるいは考えられない心の貧しい人々もいる。ここでシェリダン家とスコット家の大きな相違がみられるのである。

スコット家を辞する時に、幼いローラが言った精一杯の言葉「こんな帽子を被ってきてごめんなさい」には、大きな意味がある。死者の家に辿り着くまで、彼女はパーティの装いのままでやって来たことを後悔している。しかしこのような「服」とは言わず、敢えて「帽子」と言っている。なぜならこの帽子こそが、彼女の正義感を脆《もろ》くも崩れさせる原因になったからである。母親にパーティの中止を求めた時、彼女にその帽子を被せてもらったために、その帽子を被ってパーティに出たい、亡くなった人のことは後で考えようと思ったからである。幼いローラはそのことを思い起こし、服ではなく敢えて帽子に対する非礼を言ったのである。彼女にとってこの帽子は、シェリダン家の令嬢、あるいは上流階級という身分の象徴なのである。

パーティと帽子、これはブルジョア的贅沢の象徴であり、特にローラの場合は、母親や姉たちと同様に帽子を被ってパーティに出席したいという、利己的で自己中心的な発想に関連するものである。その利己的で自己中心的な発想しか出来ない母親に同化した自分と、その原因となった帽子について、幼いながらも人として恥じる行為であると感じ、彼女は侘びているのである。

ローラが母親との関わりを持つ場面は、他にもみられる。冒頭でテントを張るためにやって来た職人たちと初めて会う時に、彼女は近眼のように目を細めてきつい表情をし、さらに母親の口調を真似て挨拶をしている。しかしその調子がとても気取ったように聞こえたので、恥ずかしくなってしまい小さな女の子のようにどもってしまう。労働者に対して母親と同じように威圧的な態度を取ろうとするが、脆くも崩れ去り、恥ずかしく思っているローラの姿がある。

この描写は、パーティの中止を強く訴えていたにも関わらず、母親によく似合うと言われてその帽子を譲られると、その帽子を被ってパーティに出席し、そしてその服装のまま死者のいるスコット家を訪れて気まずい思いをする彼女の伏線となっている。彼女は、母親の言う通りにして快い経験をしていない。しかし母親から行ってはいけないと言われていた場所を訪れて、人間の根本的で且つ重要なことを学び取ったことは、とても皮肉なことである。

この作品では階級組織の上下間、意見を異にする母娘を中心に、相反する事象についても述べられている。パーティの準備で誰もが忙しくしている時、ローラは部屋に差し込む太陽の光を見て、とても美しいと思う。彼女は、インク壷と銀の写真立てに注がれている太陽の二つの小さな反射に目を留めている。彼女が特に美しいと思うのは、インク壷の蓋に注がれた光で、暖かい銀の星のようだと感じている。

銀の写真立てと黒っぽいインク壷なら、誰もが銀の写真立ての方が美しいと感じる。なぜならばそこに太陽の光が注がれるとそれは一層美しく輝き、当然美しいはずだからである。しかし彼女は、インク壷

生家の客間にあるピアノ

の方が暖かい銀の星のようで美しいと感じていて、彼女の感性の鋭さを示唆している。また同時にこの場面は、太陽や星の象徴である「純粋性」や「正義」を強調していて、これは彼女自身に内在しているものと考えられる。この観点からこの作品を考えると、姉や母親にパーティの中止を訴える彼女を理解できるはずである。

作品の冒頭でローラは、母親からテントを張る場所を決めるように言われて庭に出て行くが、彼女の意見は通らず職人が決定することになる。この場面で、彼女の芸術感覚は労働者のそれには及ばないことや、またそのことで彼女は彼らの素晴しさを認識することになる。そして彼女は、人間の尺度は決して階級でないことに気付き始める。

彼女の芸術的なセンスに関しては、母親から譲られた帽子に関する描写でも理解できる。母親は自分の帽子を娘に被せて「絵のように美しい」と言っている。そして娘は自室に戻って鏡に映った自分の姿を見て、母親と同じように感じ、母は正しいと思うのである。絵のように美しいと言われた娘、そして自分でもそうだと思った娘は、スコット家で、絵のように美しい死者と対面する。どちらも絵のように美しいという表現であるが、一方は上流階級のパーティの装いで、当然絵のように美しいはずである。そして一方は、不慮の事故での急死、しかも貧しい生活を余儀なくされている男性の死顔で、対象物は正反対である。

前者はせっかく正義感を持っていたもののそれが見事に崩れ去り、ブルジョア的贅沢を満足するきっかけとなる。そして後者は、名誉や地位、そして財産を始めとする贅沢とは程遠くても、実に安らかで幸せそうな表情をしていて、彼女に深い感動を呼び起こす。彼女の芸術的感覚は、ここで開花することになる。そしてそれと、パーティの準備の最中にジョウズが歌った歌を考え合わせると、さらに大きく開花していることがわかる。

パーティで歌うように指名された時に歌えるようにと、ジョウズは「この世は悲し」という歌を練習する。皆がパーティの準備で忙しくしている最中に歌の練習を始めることの不可解さと、パーティでこのような悲しい曲を歌うという選曲の誤りに気付く。そしてこの曲を歌うジョウズの様子や、ピアノの伴奏も理解し難いものがある。この曲名から、パーティに相応しくて、楽しさや歯切れの良さ、そして情熱的な内容は決して期待できないが、ピアノの前奏は曲名とは正反対の雰囲気で始まる。それに反してジョウズは、憂いを込めた様子で歌い始める。しかし一番を歌い終える頃、ピアノは一段と絶望的に響くが、彼女の表情には歌の悲しさとは違ったとても明るい笑顔をたたえているのである。

この場面ではジョウズの様子と歌詞の意味内容が不調和であるが、ローラが死者と対面した時の彼女の内面とこの歌の意味内容とは見事に一致しているのである。彼女は死者と対面することで、人生の儚さや素晴しさを認識する。まだ幼いローラのこの認識は、姉ジョウズより先んじたもので、幼いが故にこの認識は彼女にとって辛いものである。しかし幼いローラの過酷な人生に対するこの認識は、十五ヶ月後についにやって来る作者の死に対する認識や苦悩でもあると解釈できる。

物語の最後の場面で彼女は、迎えに来た兄にどうだったと尋ねられ、「人生って……」と言葉に詰まり、泣きじゃくってしまう。ここで幼いローラが表現出来なかったことこそが、作者が我々読者に伝えたかったことなのである。それは、人生には様々なことが、人間の都合に関係なく起こり、そしてそれは避けることができないということである。しかしこの事は幼いローラには理解できず、何事も順番にやって来るもので、色んな事が一度に起こることなんて信じられないと思うのである。

しかし現実に、パーティで自分たちが楽しい時を過ごしている調度その時に、主の死で悲しみの真只中にいる人もあったことを理解する。自分とは全く無縁であった事に、幼いローラが一人で次々と対処し、最後には死者と対面までしている。けれどもその複雑な人生模様を、幼さ故に説明することが出来ず、もどかしく感じて泣きじゃくる妹を、兄のローリーはしっかりと受け止め、理解してやっている。

作者はこの作品で、人生の多様性を伝えたいと言っている。それを主人公ローラの一日を通して、複雑な人生模様、様々な階級の人間模様と共に、我々が避けられない死をも含めて語り、またその美しさも伝えているのである。

初めての舞踏会

この作品はタイトルからの印象では、明るく華麗な物語を想像するが、決してそうではない。またタイトルにある「始めての」firstという言葉には、「時」と関連する言葉と考えると、この二つが作品の中でどのように織り成して作品という織物を作り上げているのかと思う。そこでこの二つに焦点を当てながら、この作品を見てみたい。

この物語は大きく二つに分けられる。それは舞踏会が始まる前と、実際に舞踏会が始まった後の挿話である。まず舞踏会が始まる前までの場面をみてみたい。冒頭は主人公リーラが始めての舞踏会へ行く馬車の中の様子である。「はっきりいつからその舞踏会が始まったのか、リーラには言うのが難しかっただろう」という文章や、「たぶん」などのことばから、初めての世界に足を踏み入れるリーラの天にも昇るような気持ち、そして心此処に在らずという彼女の気持ちが理解できる。また「馬車に誰が乗っていたかなど、取るに足りないこと」と思う彼女の内面から、舞踏会への逸《はや》る気持ちが先行し、そのために彼女の見るもの全てが舞踏会に関するものとして例えられていることがわかる。「実際のパートナー」、「知らない青年の夜会服の袖」、「ワルツを踊っている街灯や家、垣根」などと例えられたことばから、彼女の内面、主人公の舞踏会への期待感や興奮、そして胸の高鳴りなどが理解できる。

このような心理状態の少女を乗せて、徐々に速度を速めながら会場に向って走る馬車の様子を、倒置法や繰り返し、そして擬人化などを使って少女の内面をさらに強調している。the bolster on which her hand rested felt like the sleeves of an unknown young man's dress suit という表現から、初めての舞踏会に赴く少女の初々しさや落ち着かない様子が端的に表れている。特に and away they bowled, past waltzing lamp-posts and houses and fences and trees では、徐々に速度を速めて走る馬車を表現するために、最初は /ou/, /a:/ をもつ単語や複合語などを用いてゆっくり走る馬車を表し、その後、接続詞 and の繰り返しと単音節の単語でリズミカルに述べて馬車が軽やかに走っている様子を表現している。それと同時にこのリズムは、舞踏会へと逸《はや》る少女の内面でもあり、その二つを効果的に表していることがわかる。

このような主人公の内面描写と共に見逃せない表現が、exactly, real, away、そして past である。彼女の舞踏会への逸る気持ちの表れとして解釈できるが、それと同時に、時の観念としても捉えられる。気持ちの高まりのため、現在の把握が困難であることや、またその現在が刻一刻と進んでいること。そしてそれがさらに早く進んでほしいという彼女の内面である。

リーラは馬車の中で、「今までに一度も舞踏会に行ったことがないなんて、とても不思議だわ」と従兄弟であるシェリダン家の娘たちに言われ、「だって、お隣りと十五マイルも離れているのよ」と説明する彼女であるが、その時も扇子を開いたり閉じたりして落ち着かない様子で、作者はその様子を ing を繰り返すことで強調している。この様子は彼女の行動や動作から理解出来るが、それ以外からも把握することが出来る。

馬車が会場に到着した時の周りの様子を描写した場面では、moving, float、そして chased などを使って、物や人々が慌《あわただ》しく動いている様子を強調している。全てに動きがあり、静止しているものは誰も、何もないのである。さらに bright, light、そして gay などから、明るさ、華やかさ、楽しさが加わり、like birds と例えることで、いっそう生き生きとした動きや空間の広がりを想像することが出来る。

到着してから女性用控え室に何とか辿り着くが、たいへんな人で、身に着けたものを取って置く場所もない。髪を整えたり、リボンを結び直したり、ハンカチをしまったり手袋をきちんと整えたり、それぞれが思い思いの動きをしている。それは同じことば girls をはじめとする /r/, /g/ を持つ単語の繰り返し、そして ing を含む単語の繰り返しを用いながら、大勢の女性たちの動きを、単に描写だけでなく、聴覚にも訴えて効果をあげている。

そしてこのように皆が忙しくしている時に、プログラムが回される。Then, 'Pass them, pass them along!' The straw basket of programme was tossed from arm to arm. 次から次へと大勢の人にプログラムが回されていくようすが、単音節の単語の繰り返しでリアルにその様子を伝えている。また同時に、たくさんの人々のそれぞれの動きが喧騒と共に感じられる。主人公とシェリダン家の娘たちは、このような大勢の人ごみをかき分けて広間へと急ぐが、その様子を pressed, the crush などのことばで鮮明に表現している。

広間では扉を境にして片側に男性、もう一方に女性たちが集まっていて、そこにいる知り合いの女性たちに、メグはリーラを次々に紹介して歩いている。一方男性たちは動き回るなどのような行動はなく、その場に居ながら身繕いをしたり、挨拶を交わしたりしている。男女ともに、それぞれが何らかの動作をしている。その後、全く急に男性たちは女性たちの方へやって来て、ダンスを申し込む。そしてまたたくさんの人たちの動きがあり、会話がはずみ、そして舞踏が始まるのである。冒頭から実際に舞踏が始まるまで、どの描写にも人や物の動きがあり、静止状態の物は皆無である。この動きが刻一刻を刻む時であり、現在そのものなのである。

パートナーが現れるまでにリーラの頭を過《よ》ぎったことは、このような素晴しい会場で、素晴しい音楽が流れているのに、相手がひとりも現れなかったら、気を失うか窓から飛び降りるしかないという思いである。不安な心細い気持ちで未来、この場合は近い未来を想像している。しかしちょうどその時に、最初のパートナーが現れる。

時間を自由に前後に動かしながら、しかし現在に重きを置き、現在がいちばん良い状態であることを示している。そしてそれをはじめての舞踏会に赴く少女の主観を借りて、彼女の五感で感じる様々な事柄を描写している。そして特に遠く離れた田舎で、しかも一人っ子の少女を主人公にすることで、大勢の人の動きがクローズアップされ、そしてそれはそのまま現在という時の流れを強調する作者の意図がみられる。

たくさんの人で喧騒溢れる舞踏会場に入った主人公は、数時間前の自分を思い出し、此処に来て良かったと思う。なぜなら少し前までは、舞踏会に行くよりも家で赤ちゃんフクロウの泣き声を聞いていた方が良いと思っていたからである。フクロウは「孤独」を意味するため、彼女は正反対の世界である舞踏会に、しかもあまり気が進まないがやって来たことを強調している。

あおばずく（青葉梟）の子供たち
髙見 巖 氏 撮影

「人里離れた奥地の我が家のベランダ」は、「ピカピカと金色に輝く床」や「赤い絨毯を敷いた舞台やそこにある金色の椅子」に、「赤ちゃんフクロウが『ほう、ほう』と泣いている」自宅の周りの様子から「舞台の隅にいるバンド」の様子に、そして「月明かり」は「たくさんの角灯」にと変化し、彼女は別世界の華麗で賑やかな現在に身を置いている。そしてその素晴しい様子を見て、「なんて素敵なのかしら、本当に素敵だわ！」と思っていることから、彼女は現在を享受していることがわかる。

またリーラは寄宿生時代のダンスの練習は、小さななまこ板（鉄板）造りの埃臭い伝道所のホールで行われていたために滑りが悪かったことや、ピアノの伴奏をする女性の陰気な様子などを思い起こしている。しかしその思い出と正反対の素敵な舞踏会場に今居ることに、彼女は幸せを感じている。舞踏会の賑やかな、そして豪華で華麗な様子に感動し、現在の素晴しさを実感しているのである。前半は多くの人や物の動きを通して時の経過を表し、現在を強調している。また過去の事実と現在を比較して、現在が楽しいこと、現在のすばらしさを主人公に認識させている。

後半は最初のダンスの相手が現れ、二人が踊り始めた場面からとする。彼は「先週、ベル家での会にいらっしゃいましたか？」と疲れた様子で訪ねるが、彼女は「人里離れた場所に住んでいるので、今日が初めての舞踏会」であると話し始める。そして彼女が始めての舞踏会だと話し始めると同時に演奏が終わり、話しと踊りを中断せざるを得なくなる。この様子は、踊りの相手が一人も現れなかったら、気を失うか暗い窓から飛び降りるしかないと彼女が思っているまさにその時に最初の相手が現れ、彼女の思いが中断されたのと同じである。このことは、時は人間の都合など全く関係なく人や物などを引き裂き、そして無常に経過する冷たい側面があることを示している。

最初の相手は内気な性格のようで、打ち解けにくくてぱっとしなかったけれど、彼女はかまわないと思った途端に演奏が始まり、二番目の相手が「天井から飛び降りて来たかのように」現れる。演奏が始まり、また新しい出会いがある。この演奏の始まりや終わりで、時は無常に人や物を引き裂いたり、巡り合わせたりして経過することも伝えている。

二番目の相手も、最初の相手と同様に床の滑り具合や、これまでの舞踏会に行ったかどうかについて尋ねる。彼女は最初の相手と同じように説明するが彼は興味を示さず、そんな相手の態度に彼女はがっかりする。けれども彼女は舞踏会に来たことや、初めての舞踏会であるためにその喜びを隠せない。彼女にとって、今まで経験したことのない夜、知らなかった素晴しい世界が今始まったことに喜びを感じている。暗くて孤独であった過去よりも、明るくて華麗な現在に喜びを感じているのである。彼女を通して、「現在」の素晴しさが強調されている。

ここで最初と二番目の相手の話題についてみてみたい。彼らは二人とも、まず床の滑り具合などを話題にしている。これは彼女の寄宿学校時代の出来事と関連性を持つものとして考えると、過去の状態と現在の状態、即ち過去と現在として捉えることが出来る。そしてもう一つの話題、他で催された舞踏会に行ったかどうかという話題については、これも過去を示していて、この二人の相手はともに過去と現在を強調させるものとして捉えられる。

三番目の相手は、それまでの若い相手と違って、床を話題にしないし、すでに催された舞踏会に行ったかどうかなどを話題にしない。そのために初めての舞踏会であることなどの説明をする必要も無かった。それよりも彼の方から、彼女にとって初めての舞踏会であることを言い当てる。彼女は驚いてなぜ判ったのかと訪ねると、「ここ三十年ずっと踊っているから」と彼は答える。三十年という年数を信じられない彼女は声を上げ、驚いている。禿げていることや太っていることなどから、年齢を重ねていることがわかり、そのことから彼は、世の中の

生家の客間

人や事物に対する洞察力が深まっていると考えられる。

この年齢を重ねた彼はリーラに、今の状態は決してずっと続かないことや、刻一刻と時が進むと同時に、万物全てが変化していることなどを話す。そして今は踊りを楽しんでいるが、そのうちすぐに黒い服を着て舞台の席に座るようになるし、可愛らしい腕はずんぐりした太い腕になり、そして磨かれた床を歩くのは危なくて仕方が無いと思うようになるとも話す。年齢の高い彼が、歳を取ることと時の経過の関連性をリーラに伝えている。床を話題にしなかったし、それまでに催された舞踏会に行ったかどうかを尋ねなかった彼を通して、過去や現在に関する事よりも未来を強調し、同時に時の経過とその早さを強調しているのである。

彼女自身も「実際そのような気がする」と思い、「最初の舞踏会は、結局最後の舞踏会の始まりにすぎないのかしら？」と自問する。早く経過する時とともに、自分もすぐに歳を取ることを考えて悲しくなっている。彼女は歳を取りたいとは思わず、それどころか現在の状態が持続することを望み、時の経過を歓迎していないのである。

彼女にこのようなことを思わせる三番目の相手は、どうみても踊るよりも舞台の席に居るべき年齢である。また他の相手と比べるとみすぼらしく、チョッキには皺があり、手袋はボタンが取れていて、チャコ（服地裁断時に標《しるし》を付けるチョーク）の粉で汚れたような上着を身に着けている。三十年も同じ事をしている彼の外見は決して美しいものではなく、その場に相応しくない不自然そのものである。これは時の経過と共に変化しない事の不自然さを示し、またそのことに対する皮肉でもある。

現在の状態で継続を願う主人公は、若いが故の浅薄さも手伝って、三番目の相手から聞いた事柄は不愉快で仕方が無い。彼女は踊りを止めて家に帰って赤ちゃんフクロウの鳴き声を聞きたく思うが、暗い窓から、どの星の光も翼のように長く伸びている様子を眺めている。she looked through the dark windows at the stars they had long beams like wings…「家に帰りたい」ことで過去への郷愁を、そして翼のように長く伸びている星の光は早く過ぎる時を、そして文の最後にあるドットは継続を意味している。時は永遠に経過していくのである。そしてこの時の経過は、暗い夜空で翼のように長く伸びて光る星のように美しいもので、これは時の経過が見られない不自然さを示す三番目の相手の、禿げて太っただらしない外見と相反するものである。

しかし従兄弟のメグの手前、リーラは気を取り直して踊り始める。彼女は滑るように滑らかに踊っていて、舞踏会を楽しんでいることがわかる。彼女は三番目の太った相手が言った事実を認めず、若者特有の快楽優先の行動を取っている。また「彼女は再び彼に会うことはなかった」とあることから、その後は時の経過や歳を取るという事実については全く考えず、現在を謳歌していることを示している。

作品の前半は殆ど全てが刻々と時が進んでいる様子で、後半は過去や未来と現在を照らし合わせながら描写されている。そして最後には、やはり現在に愛着を持ち、謳歌する主人公の描写で終わっている。タイトル「初めての舞踏会」からくる印象では、前途洋々の気持ちを持つ主人公の物語という印象であるが、実際の内容はそうではなく、未来より現在を楽しんでいる主人公の姿がある。これは転地療養を余儀なくされた作者が、未来より現在を見つめ、時の経過に敏感にならざるを得なかった事実を考えると、明るく華麗な印象を与えるタイトルであるが、刻一刻と死に向っている過酷な状態の中で作者が現在をいとおしんでいる姿と化すのである。

一杯のお茶

この作品は、主人公ローズマリーについての説明で始まる。彼女の容姿や年齢、知性や感覚、生活レベルや教養、そして交友関係などを exactly, exquisitely, amazingly, delicious など、多音節の形容詞や副詞を多く使って冒頭で説明している。これは主人公の特徴をいっそう素晴しいもの、良いもの、高度である事を強調するねらいである。しかし冒頭の目的はそれだけではなく、作品全体に影響を与える要素も読者に提示しているのである。

「主人公ローズマリー・フェルは決して美人ではない。顔の一つ一つを見れば美しいといえるかも知れないが、美貌の持ち主などとはとても言えない。しかし彼女は若くて聡明で、近代的な感覚も持ち合わせていて、その上暮しぶりは立派で、近刊本もよく読んでいて教養もある。そして交友関係も広く、社会的に有力な人たちや芸術家などとも親しい」。このように説明された主人公は、女性の誰もが憧れ、望むものを全て持っていて、とても恵まれている彼女の環境を強調している。

主人公の生活についてみてみると、夫婦仲がよく、家族円満であることがわかる。また彼らは若い夫婦ではあるが、金銭的にもかなり裕福で、老夫婦の豊かさとは比べ物にならないくらい高い生活水準であると強調している。

彼女の裕福な暮しは並外れたもので、ロンドン市民がボンドストリートやリージェントストリートで買物をするように、気軽にパリへ出かけていく類いのものであるという。花を買う場合も、自分が気に入ればあれもこれもと買いあさり、その量も途方も無く多い。そのため

生家のキッチン横にある食器棚

に華奢な花屋の店員は、彼女が買った花を一度に全部抱えようとすると、足元がふらついてしまうくらいである。その華奢な花屋の店員が持つ花束については、「とても大きな白い紙」と「痩せた花屋の店員」などと対比させながら、それが如何《いか》に並外れているかを強調している。お金に不自由しないので、欲しいものは何でも自分のものにしてしまうのである。その例が花以外にもある。

それは骨董で、店員が「本日は」といっていることから、彼女はこの店によく来ていることがわかる。さらに店員が、他のどんな客にも見せない商品をわざわざ取り置きしていると言っていることからも、彼女がいかに良いお得意様であるかがわかる。取り置きされていたのは、蓋に装飾されたエナメルの小箱で、それを見せられた彼女はどうしても手に入れたいと思う。そこで値段を尋ね思案するが、取って置いて欲しいと答えている。少々高いと思っても、欲しいものは絶対に手に入れたいのである。彼女が金銭的に恵まれていることは、他に寝室の描写でさらに明らかになる。

「美しくて大きな寝室」「素晴しい漆塗りの家具」「金色のクッション」そして「すみれ色と青色の敷物」などから、彼女の優雅な生活ぶりがわかる。また彼女は、街で出会った娘のために「お茶、お茶、そしてブランディーも一緒に」と女中に言い付けるが、娘はブランディーなどが入った贅沢な紅茶ではなく、ごく普通の紅茶を一杯だけ飲みたいだけだと言う。また、こんなことをしている自分が恥ずかしくなったと泣き出した娘に、ローズマリーはレースのハンカチを手渡す。これらは全て彼女の贅沢な生活を表していて、たった一杯のお茶を飲みいと願う娘とは対照的である。

何不自由なく贅沢三昧に暮らしているローズマリーの部屋を見た貧しい娘は、その豪華さに幻惑されていて、「おとぎ話に出てくる妖精はこの世にもいるのだ、金持ちにも親切心があるのだ」ということをその娘に証明したいと主人公は思う。しかし夫はその女性を見て「すごい美人だね、驚いたよ」と妻に言った途端に、彼女は娘にお金を与えて帰らせてしまう。娘をやさしく抱きかかえて、あたかも守るかのように家の中に招き入れたローズマリーであるが、夫の一言で、やさしい彼女の気持ちが正反対の冷酷さに変わってしまうのである。

彼女が娘に教えたかったことは全て自らが否定することになり、結局は「おとぎ話に出てくる妖精はこの世にはいないし、金持ちには親切心なんて全く無い」ことになる。彼女の美しく輝くもの全てが色褪せた虚しいものとなり、お金は金持ちが物事の決着をつける常套手段で、不愉快千万なものとして示される。女性に与えたお金についてローズマリーは「私はあのかわいそうな方にお金をあげたのよ」と、まるで善行でもしたかのように夫に話している。結局彼女も世間一般の金持ちと変わらない感覚しかなく、女性にお金を与えて帰らせ、それで全て解決したと思い込み、気分も清々しているのである。

ローズマリーは夫に、帰ると言い張る人に逆らってはいけないので、可愛そうな娘さんにお金をあげたといっているが、ためらっている娘を自分の家まで連れ帰ったのは彼女である。他人の気持ちを考えられない無神経な主人公と、夫に「人の気持ちは逆らえない」と平気で言う主人公の言行不一致を述べて、作者はその彼女を非難している。

次に彼女の教養を見てみる。彼女は「驚くほど近刊本をよく読んで」いる。だから街で娘に声を掛けられたときも、「薄暗闇の中でのこの出会いは、ドフトエフスキーの小説にでも出てくるもののような気がした」とローズマリーは思い、特に驚く様子もなかった。そして夫から、あの女性をどうするつもりかと尋ねられた時も、「このような話、よく本にあるじゃない」と答えている。このことから彼女は確かに多くの本を読んでいるといえるが、その本の内容がそのまま実生活に起こりうると信じて疑わない彼女は、思慮分別が足りず、生活経験も少なく未熟であることがわかる。

現実の生活経験が乏しいのは、彼女はまだ若いからともいえるが、ここで冒頭にある「彼女は若くて、聡明で、とても現代的で」ということについてみてみたい。彼女は街で声を掛けてきた娘を自宅へ連れて帰るが、自然な態度がいちばん大切と考えて、娘のことを召使いたちに気付かれないためにベルも鳴らさず、コートなども自分で脱いでいる。しかしこの事こそが不自然なことで、主人公が思う自然な態度では決してないのである。

娘はお茶を一杯だけ飲みたいと言った後、このようなことをしている自分に「我慢が出来ない、死んでしまいたい」と泣きながらローズマリーに訴える。それに対して主人公は「死んだりなんかしてはだめよ。面倒をみてあげるわ。何とかしてあげる。だから泣かないでね。体によくないから」と懸命に彼女を慰めている。彼女は娘のことを心配して、何とか助けてあげたいと思っているが、その反面「ホント，疲れるわ」と言っていて、彼女の事をひたすら心配しているのかと疑いたくなることばもある。

その後の場面で、お茶のテーブルなどが片付けられて娘がほっと一息ついている時に、ローズマリーはタバコに火を付けて「さあ、これから、そろそろ始めましょう」という描写がある。これは自分が街で見つけてきた獲物に対して、「さあ、これから聞くぞ」という一種の悪意が含まれたような、思いやりなどとは程遠く、冷めた気持ちが含まれているようである。このような主人公の言行不一致が見られる描写は、彼女の優しさ（と思われるもの）の中に潜む冷酷さを暗示し、それが最後の場面の伏線にもなっているのである。

水面下に潜む彼女の冷たさは、ようやく運ばれたお茶を娘が飲む場面にも見られる。バターを付けたパンやサンドイッチを勧め、カップが空になるたびにお茶やクリームや砂糖を入れてやるが、ローズマリー自身は何も食べない。娘が恥ずかしがらないようにと、タバコをくゆらせたり、なるべく目をそらせたりしている。それはお腹を空かせた貧しい娘に、お腹一杯食べさせてあげよう、お茶を飲ませてあげようという主人公のやさしい気持ちの表れである。しかし、この場面で作者はplied（食べ物などを人）に強いる、しきりに勧める、という単語を使っていて、これは彼女がバターを付けたパンやサンドイッチを娘に食べるように強いている場面である。彼女の娘に対する思いやりや気配りが強要になっていて、思いやりとは言いがたいものがある。このような場面は、他にも見る事が出来る。

ローズマリーは少女を椅子に座らせた後、「髪が濡れているので帽子を取った方が寛《くつろ》げるわよ、コートも脱ぎなさいよ。手伝うわ」などと言ってコートを脱がせる。娘が少しでも寛げるようにと思ってしていることなのに、その娘が協力的でないから次第に苛立っている。しかしそれは、彼女の一方的な強要なのである。そしてその直ぐ後で娘が「奥様、申し訳ありません。私、何か頂かないと倒れそうなんです」とローズマリーに訴えている。娘は帽子やコートを脱いで寛ぐことよりも、とにかく一杯のお茶だけが欲しいのである。しかし自己中心的な彼女は、娘の気持ちや状態を見極めることができない。
娘のために良かれとしている事であるが、それが時として親切の押し売りになってしまっている。それは他人の言動などを正確に理解できない主人公の未熟さのせいで、そのことは、夫フィリップが部屋に入ってきた時にいっそう明らかになる。
夫にその彼女を紹介する時になって、初めて彼女の名前も知らなかった事に気付くことから、社会生活のごく基本的なことさえも欠けている彼女の未熟さがわかる。そしてさらに彼女の未熟さを物語るのは、夫が「あの女の子をどうするつもりなんだ」と尋ねた時の彼女の答えである。「よくしてあげたいの。とっても良くしてあげたいの。面倒みてあげたいの、どのようにするかはまだ話し合っていないんだけれど」という彼女に対して、夫は「現実問題として、そんな無茶な事はとても出来ない」と答えている。見ず知らずの女性に対する妻の意向を聞いて夫は面食らい、危機感を持つが、彼女は事の重大性を理解することもなく、ここに彼女の未熟さが如実に表れている。金持ちで未熟な主人公の身勝手な言動で面食らっているのはこの夫だけではない。一杯のお茶を飲めるお金さえ貰えればと思って声を掛けたのに、思惑と違って声を掛けた人の自宅にまで連れて来られたその女性も面食らっていて、この二人は、ローズマリーに振り回されていることになる。
自宅に連れて来られた娘は豪華な部屋に圧倒され、戸惑ってしまうが、ローズマリーは少女のその思惑などには全く無頓着である。彼女は娘の戸惑った様子が理解できていないわけではなく、気付いてはいるが、自分の思い通りに行動しているのである。その彼女は、「素晴しい子供部屋で、どの戸棚を開けても、どの箱を開いても良いというお金持ちの少女のよう」だと描写されている。妻であり、母である彼女は、社会的には立派な大人である。しかし内面的には未熟な彼女の人間性がこの描写にも表れている。

自宅に来るように言われたがどうしたものかと戸惑っていた娘を強引に連れ帰っておきながら、「あの娘はとても美人だ」と夫が言うと、即座にお金を与えて娘を帰してしまう。しかし夫には「帰るって言い張るのよ」、「無理に引き止めることなんて出来ないでしょう」と言い繕っている。「帰るって言い張る」のは娘がローズマリーの家に来た時の娘の本心であり、その時に主人公が「無理に引き止めることなんて出来ない」という姿勢を当然持つべきであったのだ。しかし皮肉にもこれらのことばは、夫の一言の後に置かれている。そのために、彼女は節度をわきまえず、人の気持ちを汲み取る事もできない浅薄な女性であることを強調する事になる。

次に彼女の交友関係についてみてみたい。冒頭にもあるように、彼女の交友関係には一定の基準が無く、多種多様であることがわかる。また彼女がどこかで見つけてきた人物もいて、これは街で声を掛けてきた娘を自宅へ連れて帰る主人公の行動の暗示である。

街で娘から「一杯のお茶を飲みたいので、その分のお金を恵んでいただけませんか」と話し掛けられた主人公は、仲間たちはさぞ驚くだろうが「ただ家に連れてきただけ」と、何でも無いかのように言う得意気な自分の姿を想像している。そしてその娘には、「世の中には、素晴しい事が起こるものだし、おとぎ話に出て来るような慈悲深い女性がこの世にも存在するのだ。そして金持ちだって親切心を持ち合わせているのだ。それに女同士は、姉妹のようなものだから」ということを証明したいと思っている。そうすれば自分は、友人からもその娘からも賞賛される素晴しい人物になれると考える。それは純粋な気持ちからの行動ではなく、醜い名誉欲に他ならない。主人公のこのような欲望は、お茶を飲むお金が欲しいとねだった娘の行動と同じくらい感心出来ない欲求で、名誉欲や物欲という最も醜いものであり、そのことで彼女の人間性が明らかになる。

主人公の人間性をさらに詳しく説明するために、他の登場人物との係わりをみてみる。夫以外で唯一男性の登場人物は、骨董屋の主人である。彼は主人公を最高の客の如くもてなしている。彼女もそれに気付いていて、「それでもやはり嬉しいものだ」と思っている。彼女は見せられた小箱を取り置きして欲しいと言い終わらないうちに、彼は早くもお辞儀をし、彼女が買うものと確信している。この場面では彼女へのご機嫌取りやおべっかが並外れたものであること、媚びへつらう彼、そして虚栄心をくすぐられて喜ぶローズマリー等への嘲笑が含まれている。

花屋で彼女は、前述したようにたくさんの種類の花を大量に買い込む。しかしそこには、一応彼女なりの意思表示がある。例えば彼女がライラックが嫌いと言えば、店員は「ごもっとも」と言わんばかりに、ライラックを見えない場所へ追いやってしまう。上得意の彼女には逆らえないのである。また痩せた女店員が、とてつもなく大きな花束を抱えてよろよろと彼女について車まで持って行くが、ローズマリーは全く意に介さない。女店員が細い体でとても大きな花束を持っていても申し訳ないとか可愛そうだとは思わないのである。

次に街で声を掛けてきた女性スミスさんに対する主人公の様子をみてみる。前述したように彼女はこのスミスさんに、「世の中には、素晴しい事があるものだし、おとぎ話に出て来るような慈悲深い女性がこの世にも存在するのだ。そして金持ちだって親切心を持ち合わせている。それに女同士は、姉妹のようなものである」ことを証明したいと思う。そしてさらに「女性はお互いに姉妹のようなものだから、私の方が幸せであるなら、当然あなたは……」とも考える。女性はお互いに姉妹のようなものだと強調し、自分は「おとぎ話に出てくる慈悲深い女性の一人」であり、「金持ちの一人」で、「私の方が幸せ」であると思っている。女性は姉妹のようなものと同じ立場を主張しながら、主人公は高い位置から少女を見下ろしているのである。

人並み以上に恵まれた豪華な自室に娘を招き入れる時、彼女は貧し

生家の客間にある暖炉

い子供に自分の持ち物を得意気に見せびらかす金持ちの少女のようになっている。娘を寒さから守ってあげよう、空腹から救ってあげようという純粋に親切な気持ちから家へ連れ帰ったのではなく、自分の持ち物をこの貧しい娘に見せびらかしたい気持ちの方が強かったのである。躊躇しながら部屋に入ってきた娘は深々とした椅子に腰を掛けて、こんなはずではなかったのにと、何が何だか訳がわからなくなった様子でポカンと口を開けている。そんな様子の娘を見てローズマリーは、少し頭がおかしいのではと思ったりする。貧しい少女への思いやりもなく、さげすんだ見方しか出来ない彼女の本性がチラホラしている。また少しでも寛げるようにと、帽子やコートを脱がせるが、それらは掛けられることもなく床に置かれたままである。その様子からも、ローズマリーは娘をお客様扱いしていないことがわかる。

作品に登場する女性は、花屋の店員、女中のジニーそして街で声を掛けてきたこの女性であるが、全て主人公よりも身分が下で何もかも彼女より劣っている。しかし街で彼女に声を掛けた女性だけは少し違っている。声を掛けられて主人公が振り向くと、たった今水の中から出てきたかのように震えた女性が立っている。彼女は自分と同じくらいの年齢で、目が大きいことに気付く。しかしローズマリーはこの女性の大きな目には関心がなく、震えている様子に注目する。そしてその女性が「お茶一杯分のお金を頂けないでしょうか」と言うのを聞いた主人公は、「飾り気がなく、真実味があったし、乞食の声なんかではなかった」と安心する。

主人公の自宅に着いて、寛ぐために帽子を取ると、少女の濡れた美しい髪が現れ、コートを脱ぐと鳥のような痩せた背の彼女が現れる。そして最初ははにかんでいた娘であるがお茶やサンドイッチなどを食べると次第に寛いできて、その後娘はまるで生まれ変わったように屈託がなくなる。髪はもつれたままであるが、唇は濃く、目は輝いている。大きな椅子にゆったりと座り、暖炉の火が燃え盛るのを気だるそうに気分良く見ている。赤々と燃える炎を利用しながら、娘が生き生きして来た様子が描写されている。またこの描写では、内容だけでなく、それぞれの単語を見ても、長母音 /iː/ や /l/ 音を多く使い、穏やかでゆっくりした時間の流れを、聴覚に訴えている。

主人公の夫が部屋に来て、娘が自分の名前を言う時には、もう怯《おび》えている様子もなく落ち着いている。家に連れてこられた当座は、おどおどして消え入りそうな声しか出せなかった娘であったが、お茶を飲んだ後は別人かと見違えるほどになっていることがわかる。

主人公と娘の間に置かれた食事のテーブルは、それが終わった後に片付けられる。このテーブルが取り払われる場面で、娘が食事をする時にはまだ二人に隔たりはあるが、食後は彼らにその隔たりがなくなったことを示している。軽食 slight meal が素晴しい marvelous 効果を生み、彼女は別人のようになっていて、少なくともローズマリーとは外見上の違いがなくなっている。夫フィリップは二人がちょうどこの状態になったときに現れ、全く何の偏見も持たずに娘を見て「とても美しい女性だ」と妻に言うのである。

この作品では何人かの女性の登場人物がいるが、全員が全ての点で、主人公より劣っていて、このスミス嬢も例外ではないと述べた。しかし第一印象がはっきり決まる外見、みすぼらしい帽子やコートを取り去り、軽食などを取ってすっかり寛いだ様子の彼女は、主人公と同じ条件となる。そうなると、顔の造りに目が行くのは当然である。

夫はこの女性と会った後、彼女の名前を言わずに、“the big eyes”と言って彼女のことを表現している。彼女の身体的特徴の「大きな目」は、娘がローズマリーに話し掛けた時の彼女の印象「大きな目 enormous eyes をした、細くてやつれた女性」と同じである。これは少女の特徴であり、またそれは美人であることの強調にもなっている。しかしローズマリーは自分が持ったその印象を忘れているが、部屋に入って来た夫は冷静に観察して状況判断をしているのである。

夫は床に置かれたコートや帽子、娘の様子や両手、靴などをじっと見る。そしてその後、書斎にやって来た妻に「あの娘をどうしようとしているの」と尋ね、夫は娘の持ち物などからみて、気違い沙汰だ、そんなことは出来っこないなどと言って妻を全く理解しようとしない。がしかし一方で、彼女はとても美人だと妻に言うのである。

彼女は夫が言った「彼女はとても美人だね」という言葉が頭から離れず、その言葉が心の中で錯綜《さくそう》し、重苦しい気持ちになる。心は鉛のように重く、鈍いうめき声さえあげているように彼女は感じている。

ローズマリーは何不自由なく恵まれた生活をしているが、唯一無い物が美貌で、彼女の唯一無いもの、それが貧しい娘にはあったのだ。美貌以外では全てに勝っている彼女ではあるが、ここで貧しいけれど美しいその娘との立場が逆転する。その為にローズマリーの親切心も、手のひらを返したように冷酷になって娘の心を傷つけてしまう。

夫の言葉を聴くまでは、貧しい娘を何とかしてあげたいと思っていたのであるが、彼の一言で彼女の優しい気持ちは一気に失せてしまう。自分に無い美貌がある娘に対する強いジェラシーである。お金を与えて娘を帰してしまうのもそのためで、ここに女性のかくも恐ろしいジェラシーの実態を見ることが出来る。

次に事物や状況の描写についてみてみたい。骨董屋が主人公のために取り置いてくれた小箱は、限りない物欲の対象物である。可愛らしい小箱を見た彼女は、どうしても手に入れたいと思い、最後の場面で夫に買って良いかどうかを尋ねている。小箱を買ってもよいという許しは出るが、彼女が夫に一番尋ねたかったのは小箱のことではなく、自分は美人かどうかということなのである。小箱の話題は彼女の物欲の対象物としてだけでなく、人間の心理の逆説、聞きたい事を後にすることであり、どちらでもよい軽い話題なのである。

彼女が気に入ったこの小箱には、もう一つの意味がある。作品の最後に夫の書斎へ出向いて行き、二人の絆を強めようとする場面があるが、その場面が小箱の蓋の模様と同じなのである。またこの小箱には、じっと見つめる cherub のような雲が漂っている。cherub は知識をつかさどる智天使のことで、この天使のような雲が二人の頭上から見守っているということで、彼女はまだまだ智天使の保護下にあることが示されている。

次にこの作品で唯一の風景描写についてみてみる。骨董屋から出てきた主人公は、冬の午後の街角に立って雨が降っている辺りの様子を見ている。そしてその雨と一緒に、灰が舞い落ちるように暗闇が下りてきたようだと感じる。「慈悲」を意味する雨が降っているが、「打ち壊された希望」を意味する灰のような暗い闇も一緒になって下りてきている。この描写は、娘を家に連れて帰るが、夫の一言で彼女の思いが打ち砕かれてしまう作品の結末を暗示している。

また通りの向かい側の家の明かりは寂しそうで、何かを悔やんでいるようだと表現されている。光には「知性」や「認識」と言う意味があり、主人公に思慮分別が無かったばかりに娘には嫌な思いをさせることになり、それを認識し、反省するべきであるという皮肉を込めている描写である。さらに「訳のわからない心の痛みを感じ」、「あの小箱を抱き締めればよかったのに」と思う主人公ローズマリーの描写は、夫の一言で心が乱れ、その結果、娘を帰らせてしまう彼女の様子と、二人の幸せな暮しを必死になって守ろうとする彼女の気持ちをオーバーラップさせているのである。

それに続く描写では、「安全な場所から出てきて外を窺《うかが》う時のような恐ろしい瞬間が人生にはあるもので、そんな時は家に帰って特別上等な美味しいお茶でも飲まなければ」という考えがローズマリーに浮かび、ちょうどその時に、彼女は知らない娘から声を掛けられる。この考えは主人公の娘に対する一連の行動に相反するもので、「なまじ名誉欲や虚栄心などに駆られて貧しい人を傷つけるよりも、帰宅して美味しいお茶を飲む方がずっと良い」という作者の意見で、そうしなかった主人公への皮肉であると勘ぐることも出来る。

最後に登場人物の名前についてみてみたい。Rosemary という名前から、華やかで美しいという印象を受けるが、実際の彼女は not exactly beautiful で、特に美人だなんていえないのである。そして娘の名前 Smith は鍛冶屋を意味し、男性的なたくましさを感じられるが、実際の彼女は目が大きくて美人である。このふたりの女性の名前や顔立ちは、全く対照的なのである。

さらに Rosemary Fell の Fell は fall の過去形で、堕落や落差の意味があり、彼女の娘に対する態度の急変を暗示するものと考えられる。主人公の名前にも大切な意味を含ませながら作品を展開し、一方ではその名前を持つ人物への皮肉や嘲笑も含ませている作者の技巧がここにある。

作品では恵まれた環境にある主人公の表面的な部分と、彼女の本質——物欲、名誉欲、虚栄心、自己陶酔、コンプレックス——が見事に描写されている。彼女の本質は女性心理の醜い部分で、彼女だけでなく誰もが多かれ少なかれ持っている不快な欠点である。作者はその女性心理の醜い部分を作品に取り上げて、象徴的な手法を含む独自の手法で美貌に関する女性の卑小性を述べている。

声楽の授業

この作品はタイトルにもあるように、教師である主人公が、音楽室で女学生に歌の練習をさせている場面が中心となっている。そしてそれが、その場の状況や主人公の内面などと密接に関連していることがわかる。そのために冒頭はさて置き、まず歌唱指導の場面からみてみたい。

最初は主人公が指定した悲歌を、感情を入れないで同一メロディーを合唱（斉唱）するように指示を出す。斉唱とは、同一の旋律を同度またはオクターブで多数の人声で歌うことで、和声のない、単純な歌唱法である。この唱法で女学生たちが歌いはじめる。主人公はタクトを振りながら、新生活への準備を進めていた婚約者の様子を思い浮かべる。

しかし少女たちが歌っている「早く、ああ、本当に早く喜びのバラは色褪《あ》せ」という歌詞は、突然にしかもあまりにも早く来た婚約破棄という現実と、皮肉にも重複している。この場面では主人公の感情の高ぶりはないが、それは少女たちの唱法と通じるものがあることに気付く。

次に高低の各パートに分かれて、けれども感情は入れないで歌うように彼女は指示する。それは斉唱では感じられない音域の膨らみが生まれ、感情は加わっていないが、重厚な感じに変化する。特にコントラルト（女性の最低音域）が加わることで、陰鬱な感じが増大し、その為に主人公の悲しみが徐々に表れる。

生徒たちが「喜びのバラは色褪せ」と悲歌を歌い始めると、彼女は先日逢った時の婚約者を思い浮かべている。婚約者がとてもハンサムに見えたのであるが、その原因は、青いスーツのボタンホールに赤いバラを挿していたからという。バラには「精神的愛、美徳」の意味があり、特にバラには「慈愛」や「殉教者」という意味があり、それは彼女の思いとは裏腹に、主人公への皮肉のようである。なぜなら婚期が少し遅れている彼女にバジルが現れたことで、彼は彼女に対する慈愛を持ち、彼こそが殉教者そのものだと理解できるからである。

ともあれ主人公にとってその日は、婚約者がとてもハンサムに見えた至福の時であったのだ。それなのに今では破棄され、その悲しみにある彼女の状態を、「喜びのバラは色褪せ」という歌詞で表されている。そしてその落差が大きいために、彼女の悲しみの大きさや深さが強調されている。

次に食事の招待を受けている彼の話題を、主人公は思い出している。上司から食事の招待を受けていて、「(招待は) 断れないよ。僕の

K・マンスフィールドと名付けられたバラ. 上品なピンク色の花をつける
ウエリントン植物園

ような立場の者は嫌われるとまずいんだ」と言い、彼女の希望を取り入れるよりも、職場での彼自身の立場がよくなる配慮をしていることに気付く。このことは、婚約破棄を予見できるひとつの出来事として捉えることが出来る。このことを思い出しているのは斉唱ではなく多声的合唱の時で、女性の最低音域のコントラルトが強調されていることから陰鬱さを増し、彼女の悲しみが大きくなりつつあることも理解できる。

また窓外では、柳の木の葉の大半が落ちて「まだくっ付いている小さな葉は、釣糸に掛かった魚のように身をくねらして」いる。この描写は、少し婚期を逃した主人公がバジルという婚約者を頼り、人生を託そうとしている姿、そしてそのような彼女の思惑通りに行かないもどかしさなどの暗示である。

描写にある柳には、「見捨てられた愛」、「喜び、後に悲しみと不幸を表す」などの意味があり、魚は「生命、純潔」などの意味を持つ。この意味も併せてこの場面を考えると、疑うことを知らない純粋で一途な主人公と、彼女が頼る相手の気持ちの変化という含みも理解できる。

三度目の歌唱指示は、多声的合唱に感情を加えることである。主人公は少女たちに歌詞の意味をよく考えて、想像力を用いて歌うように言う。しかし最初から「強い」を意味するフォルテで歌い始め、さらにクレッシェンド（だんだん強く）で歌うように指示している。そのために最初の歌詞「早く、ああ、本当に早く喜びのバラは色褪せ」、そして、「侘しい冬に」などが特に強調されることとなる。これは主人公の内面の強調であり、さらには婚約解消後に想像される彼女の様子の暗示でもある。

四度目は、前回以上に感情を込めるようにという指示である。生徒の涙と窓に当たる雨の大きな粒で、少女たちの混乱と主人公の内面の大きな動揺が理解できる。しかし婚約者の配慮のなさに気が付き、彼女は婚約解消を受け入れ、その後の自分の進退について考えるようになる。歌唱法で徐々に盛り上がる音域や声量に比例しながら、主人公は悲しい現実を受け入れられるようになっている。ここに歌唱法の完成と主人公の現実把握がみられ、芸術は実人生を癒《いや》す一助となることを、作者は意図しているのである。

次に主人公をこれほどに混乱させ、翻弄させる婚約者バジルについてみてみる。彼は手紙の文面で「愛していない訳ではない」という遠回しなことばを使っている。ここに彼の一面が表れていて、愛してはいるけれど、自分たちの結婚はまちがっているようだと言っている。一度は決心したものの、解消したいという内容である。人生の内で大切な結婚について決断を下したにも拘らず、それを覆《くつがえ》す手紙を送り届けることにまず責任感がなく、優柔不断な人物である。さらにその文面には disgust（嫌悪感）ということばを完全に消さないまま regret（後悔する）と書かれている。彼女もこの事において最終的には「心遣いが出来ない人」と認めるが、自分が一度下した決心である婚約解消を否定する電報を送ることも含めて、他人への配慮が全く出来ない人物である。

彼のこの特質については、結婚を申し込む時に既に明らかである。特別な理由は無いけれど、彼女を好きになったと言っている。一種の照れ隠しかもしれないが具体性がなく、結婚の申し込みにしては軽々しく、慎重さに欠ける行動である。彼のこの特質は「彼女のダチョウの襟巻きを捉える」彼の行動からも明らかである。ダチョウには「現実を直視しない人」という意味があり、これはまさに彼の特質を暗示していると考えられるのである。

彼のこの特質は、新生活の家具を買い揃える様子にも表れている。本箱などの他に「とてもよく出来た玄関の衝立で、棚はフクロウが彫られていて、その爪に帽子のブラシが三本掛けてある体裁の良い品」を買っている。彼女は「帽子ブラシが三つも要ると思うなんて、いかにも男性が考えそうなことだ」と寛大に捉えているが、男性だからではなく、彼に現実的でない面があるからである。またこの彫られているフクロウには、「冷たさ」や「孤独を表す鳥」の意味があり、この点からも、彼の特質が示されている。

主人公は二人の時間がもう少し欲しいと言っているが、それに対して彼は、校長の奥さんからの夕食の誘いには、彼らの機嫌を損じたくないので断れないと言っていることは既に述べた。これは彼が自分の立場が少しでも良くなるように、常に上司の顔色を窺い、自己アピールをしっかりする彼のへつらいの姿勢だと考えられる。

また彼の特質は、電報を打つことにも表れている。自分の軽率な決断で彼女を傷付けたために、一刻も早くそれを否定したい気持ちも理解出来るが、彼女は授業中、仕事中である。教師として、大人として相手の立場を理解できず、そして現実も直視できない。自分の気持ちを伝えることが出来ればそれでよいのではない。しかも彼は教師だから尚のこと、教師として人として熟慮して行動するべきである。

このような男性と結婚を決意し、その解消の手紙を受け取って翻弄している主人公についてみてみたい。確かに冒頭では失意の底に沈んでいる彼女の様子が描かれていて、見るもの聞くもの全てを否定的に捉えている。だから同僚の科学の先生と話している時も、人を小馬鹿にするような彼女の口調から、婚約を解消された自分への嘲りではないかと疑心暗鬼の主人公である。彼女の婚約を最初は信じることが出来なかったその同僚から「やはりだめだった」と思われることを恐れて、かなり神経を張り詰めている。さらに彼女は同僚だけでなく、生徒たちにまで婚約解消が知れたら、学校を辞めなければならないとさえ思う。体裁を取り繕う彼女の一面がここにも表れている。

この体裁を取り繕うという彼女の特質が、全ての面で表れているかというとそうではない。たとえば、校長室で婚約者からの電報、婚約破棄を解消するという電報を受け取った場面をみてみる。まだ授業中であることや、校長が独身であること、そして私的な電報であることなどを考え併せると、校長に対して婚約者からの電報云々とは言えないはずである。この場面でこそ、ある意味での体裁を取り繕う姿勢が必要であったはずである。彼女の取り繕うべき時や場面を理解できない未熟な側面がここにある。

彼女のこの特質は、他の場面でも見られる。自分の感情の赴くままに他人と接し、混乱させるところにある。特にこの場合は、事情を全く知らない子供たちを翻弄させている。一学期半も続いている授業の始まりに黄菊を手渡す儀式を無視することから始まり、自分の内面と同じ悲歌を「もうすでに、この歌は知っていてもいいはずです」you [girls] ought to know it [a Lament] by this time と言って、生徒たちに何度も歌わせることなどである。

この場合 it は悲歌を指すが、主人公メドウズに関していえば、悲しみや苦悩は大人として、人として既に知っているべきで、またその場合の処し方も当然知っているべきであるという意味も含ませている。しかし彼女は、女生徒たちが悲歌を知らないように、悲しみやその処し方も知らない未熟な人物として描写されているのである。

感情の赴くままの言動として、授業が始まる前の生徒たちに対する態度は、全ての生徒が「機嫌が悪い」と判る態度を取っている。婚約解消の手紙で打撃を受けて、致命的な傷を負っている自分自身のことだけしか考えられず、生徒たちを全く無視している。さらに一学期半もの間続いている黄菊を手渡す儀式にも全く反応を示さず、「氷のように冷たい声」で歌唱指導に入っている。しかし電報を受け取った後には、手のひらを返したような言動で、少女たちを翻弄《ほんろう》する。感情を抑えることが出来ず、周りの人や物に曝け出すことは、女性として、大人として、人として、また教師として全く相応しくない行為である。

さらに教師としての立場の彼女についていえば、これだけではない。彼女の授業で伴奏するメリー・ビーズリーは、主人公メドウズのお気に入りの生徒であるという。教師はどの生徒に対しても平等、公平の精神で対応するべきで、たとえ気に入った生徒であっても、それを公然とするべきではない。この点においても彼女は、倫理的な規範を持ち合わせていないのである。

またこのメリー・ビーズリーについていえば，クラスの中では指導的な立場にある生徒のようで、メドウズが音楽室にやって来る姿を見かけると、「静かに！」と他の生徒たちに警告を発している。その彼女が授業の始まる前に行う儀式は、ある意味では先生へのご機嫌取りである。無視されて涙ぐむ彼女は被害者であるが、同時に先生の顔色を窺っている生徒であり、子供らしさの無い少女の姿でもある。この挿話は、上司からの夕食の誘いを断らず、上司にへつらっている婚約者バジルと重複させている部分でもある。

この作品に登場するもう一人の女性である校長のミス・ワイアットについてみてみたい。メドウズが校長室に入った時、校長はメドウズに対して思いやりのある態度で接している。電報が届くということは、何か大変な事態がおこったのだと校長が思ったからである。そのために授業中であるにも係わらず彼女を呼び出し、電報を手渡す前に「悪い報せじゃないと好いですね」と言い添えている。

しかし緊急を要するものではなく、それどころか婚約者からの電報だと知った校長は気分を害し、校長室に沈黙が広がって、気まずい雰囲気が漂う。良くない出来事どころか、婚約者からの電報と知った校長は面白くない。しかも授業中の電報である。校長は「まだ十五分ありますね、メドウズ先生」と沈黙を破って言う。これは長として部下を律する立場にある人物のことばとして受け止められるが、同時にメドウズに対する嫉妬であると解釈できる。なぜならこの校長もメドウズと同じ未婚だからである。けれども年下のメドウズには婚約者がいて、その婚約者は電報まで送り付けてくる。それに対する年長である校長の嫉妬なのである。学校長といえども女性であり、人間である。この校長を通して、女性の、そして人間の卑小性を理解することが出来る。

次にこの作品の文体についてみてみたい。マンスフィールドの文体は、彼女自身が常に目標としている「一語の置き違いもあってはならない」ことを思うと、作品に大きな効果を生み出していると考えられるからである。

作品の冒頭では、/b/, /d/ などの濁音や長音 /:/ の単語が続き、暗くて陰鬱な雰囲気を作り上げている。そしてそれが a wicked knife や cold corridors などの単語と作用しあって、いっそう厳しい雰囲気を醸し出している。そして少女たちの溌剌とした様子や、授業前の彼女たちの慌しい様子、そして秋晴れの爽やかな描写がそれに続く。この対比で主人公の陰鬱な心境がいっそうはっきりと強調されることになる。

彼女の陰鬱な感情は、歌唱指導の場面でさらにはっきりと表れる。濁音の /b/, /d/, 特に /d/ の繰り返しと「高くて強い調子で歌い始める」という歌唱の説明、そして歌詞の内容が融合して悲痛な感情が深まり絶望的になる。これは意味内容の理解だけでなく、聴覚を通しても悲しみやそれに伴う陰鬱さを訴え、主人公の悲しみの深さや大きさを感じることが出来る。

しかし彼女のこの悲痛な思いは、婚約破棄を解消するという電報を受け取った後の歌唱指導で大きく変化する。それはまず破裂音 /k/, 流動音 /l/, 静寂や静止を意味する音 /s/, そして穏やかな柔らかさを意味する音 /f/ が繰り返し用いられていることである。そして短い文章からくる軽快さ、そして歌詞の内容からくる明るさや豪華さ、希望そして生き生きした躍動感などが表現されるようになる。

この大きな変化の間にあるのが、電報を受け取った後、残り十五分の授業のために教室へ戻る時の彼女の描写である。On the wings of hope, of love, of joy, Miss Meadows sped back to the music-hall, up the aisle, up the steps, over to the piano. 破裂音や流動音を始めとする快適な子音と、単音節の単語の繰り返しで、彼女の飛ぶような足取りや、天にも登るような彼女の内面を示している。特に最後の三つの句をみると、そのうちの最初の二つの句 up the aisle, up the steps で軽快な足取りが理解出来、最後の句 over to the piano でその軽快なリズムがゆっくりした調子に変化し、彼女の足取りがピアノのところで止まる事が判る。ここにも聴覚的に作品を理解できる工夫がある。作者は文の長さや段落などと同様に、単語の持つ音の響きにも注意を払いながら、人の動きを描写していることがわかる。

単語の持つ音調の次に、言葉や表現についてみてみたい。この作品の冒頭から、表題の概念と趣きが少し異なるような、「失望」や「邪悪なナイフ」が使われていて、意表を突かれる。これはさらに始業前の少女たちの楽しげな様子の中で、突如として大きな鉄亜鈴が落ちる場面につながっていて、意外性を強調している。

このことは、人物に関してもみることが出来る。科学の先生が、主人公に語りかけている場面で、悲しみに沈んでいる主人公が、甘くて気

生家の客間

取った独特の話し方をする科学の教師に我慢できない様子がある。これは単に悲しい思いをしている人物とそうでない人物の対比だけではなく、科学の世界にいる人にありがちな冷静沈着な側面ではなく、蜂蜜のような甘さを持つ彼女の意外性を強調しているのである。

人物にある意外性は、既に述べた登場人物の特質と重複する箇所が多い。例えば婚約者のバジルは、二十五歳にもなる大人であるはずなのに、結婚に対しての決心を二転三転して煮え切らない態度であるし、また相手の事を全く考慮しないで自分の意思を伝えて翻弄させていることがあげられる。そしてまた彼は、地位の高い人に迎合する傾向もある。

校長のミス・ワイアットは、婚約者からの電報だとわかると気分を害し、年下のメドウズに嫉妬する。女生徒の一人であるメアリービーズリーは他の生徒と違って、先生のメドウズに、へつらっている。そのメドウズも彼女がお気に入りであるという。そして彼女自身は、自分の感情の赴くままに授業をし、少女たちを翻弄しているのである。

それぞれの人物が持つ意外性は、人間のエゴ、未発達の精神構造や道徳観念などから生まれている。大人として、男性として。上司として、女性として。生徒として、そして教師として。それぞれの立場を熟慮しない、または出来ない浅薄な人物を通して、人間の卑小性が示されている。それぞれの立場にいる者の自覚と、他人への配慮の必要性を作者はこの作品で説いている。全ての物に「完全な美」を望んでいた作者は、人間性にもそれに近いものを求め、この作品の登場人物を通して我々を戒めているのかもしれない。

亡き大佐の娘たち

この作品はタイトルから死を連想し、内容も大佐であった父親の死とその娘たちの生活であることから、陰の世界をもつ作品と捉えられる。しかし、作者の身の回りの世話をしていたアイダ・ベーカーは、作者の従兄弟と自分の様子をこの作品で穏やかに風刺していると述べている。確かにそれぞれの登場人物に焦点を当てると、陰気な面より、風刺漫画的な要素が多分に含まれていることに気付く。またこの作品を完成させた数週間後に出した夫マリーへの手紙には、「前奏曲」より技巧を凝らしていると作者は打ち明けている。そこで彼女の言う技巧

Katherine Mansfield (centre) with L.M (Ida Baker) on right and the Honourable Dorothy Brett at Sierre, in the garden, 1921.

と、アイダ・ベーカーのいう風刺に注目しながらこの作品をみてみたい。

最初に、娘たちの父親である元大佐の葬儀の件で、聖ヨハネ教会からやって来たファロルズ氏を見てみたい。教会という厳粛なイメージから、彼は聖職者として相応しく、完全無欠に近い性格を持ち合わせているという印象を持つが、そうではないことに気付く。部屋に通されると彼は、大佐の肘掛け椅子にゆっくりと腰を下ろそうとするが、大佐の椅子だと気付くと、飛び上がるようにして隣の椅子に腰掛けて、バツの悪さを隠そうと咳払いをしている。彼のこの行動は、我々が持つ概念と全く違っていて、それ故に彼の滑稽さが強く印象付けられる。そしてまたこの場面は、死者のいる家でそそっかしくすることや、失態を演じる教会関係者へのアイロニーとも考えられる。

次に、看護師のアンドリューについてみてみる。彼女は大佐の生前にはたいへん親切に看護をし、臨終が近い頃には昼夜つきっきりであったという。しかし臨終間際に、娘たちが父親に最後のお別れをするために部屋に入って行った時でも席を外さず、時計を見ながら脈を数えるふりをしている。この様子から、彼女は他者への配慮がない無神経な人物であることがわかる。

このような看護師ではあるが、大佐を親切に看護したという理由から、彼女は大佐の死後も滞在する。しかし娘たちは彼女との食事で、いつもイライラさせられている。彼女は娘たちと食事の会話を楽しむこともなく一人で考えにふけり、パンと料理を交互に少しずつ要求しながら旺盛な食欲を満たしている。この一風変わった彼女の食事のようすは注目に値するが、同時にこの様子を見ながら、娘たちが怒りを抑えるのに苦労している様子はとても滑稽である。

この看護師はバターに目がなく、大好物のバターが乏しくなると、以前彼女がいた邸の素敵な可愛い仕掛けの付いた、素晴しいバター容器の話を聞かせるのである。彼女の話を聞いて、姉のジョセフィンは、そのようなバター容器はとても贅沢だというが、看護師は、誰も必要以上のバターを取らないのだから贅沢ではないと、容器ではなくバターの量について言っている。そして皆がバターを取るのは必要だから取るのだということを強調している。それぞれが、それぞれの観点で話すばかりで、相手の考えを少しも理解しようとしていない点や、解釈の違いから生じる滑稽さがみられる。

また看護師は、er を ah と発音したり、why を whey と不正確な発音をすることからも、彼女がきちんとした教育を受けていないと考えられる。このような彼女であるが、Lady Tukes などのように、Lady の称号を持つ人物と知り合いであることを強調し、自分を高く見せようとするなど、彼女の人間性に卑小的な側面もある。

しかしこのような看護師を、娘たちは父の亡き後に、彼女の仕事もないのに、さらに一週間も多く滞在させている。これは姉妹の看護師に対する間違った思いやりであり、彼女たちの無分別な感覚である。この様子は、看護師と同様に娘たちもまた未熟である事が示されている。さらに、アンドリューという看護師の名前は男性名であるが、敢えて女性の名前として使っているのは、心身共に強い登場人物として強調させることと、それに対するアイロニーとも考えられる。

次に若い女中ケイトについてみてみる。作者は彼女についての詳しい説明を、我々読者に与えていない。冒頭の妹コンスタンシアの言葉から、ケイトという人物がいて、彼女たちと住んでいるということが推測される。そして「食事の時はケイトに頼んでお盆を……」と言っていることから彼女は女中であることがわかる。

このようにクローズアップの手法でようやく登場した女中を、作者は「高慢な若いケイト」、「魔法にかかった王女なのだと言わんばかりの様子で」などと表現しながら、さらに詳しく彼女を紹介する。雇っている側のジョセフィンは、雇われているケイトに対して、優しくジャムを持って来てと話し掛けるが、雇われているケイトは皿をひったくるように片付けた後は、ゼリーをピシャリと音を立てて彼女たちの前に置いている。雇用関係の主従は勿論のことであるが、職業上の意識、彼女の場合は、料理は勿論のこと、配膳や片付けなどに対する配慮が欠如している。ジャムを出すように言われた時でも、そのビンにジャムが無く、空っぽであってもテーブルに置いて、ゆっくりと大股で部屋を後にする。先の騒々しい行動や後の故意にゆっくりした調子は、いずれも姉妹を嘲笑っている女中ケイトの露骨な行動なのである。

彼女はまた不意に部屋に入って来て、姉妹に「揚げるんですか？煮るんですか？」と人を馬鹿にしたような声で尋ねる。姉妹は何のことを言っているのか分からず一瞬戸惑うが、何を揚げるのか、煮るのかと問いただすと、鼻の先で「魚」とケイトは答えている。そしてどちらにするかを決めかねている彼女の前で、ケイトは自分で決めてしまう。彼女のこの特質は、故大佐の一番悪い癖でもあり、彼の亡き後も同じ特質を持つ女中と接して行かなければならない姉妹に対するアイロニーでもある。

さらに若いケイトと歳を重ねている姉妹を考える時、魚を揚げるか煮るかのような些細な事でさえ結論を出せない年取ったこの姉妹と、テキパキと物事を処理できる若い女中のコントラストにも気付く。主人である姉妹に敬意を払うどころか、立場もわきまえず横柄に振舞う女中の言動と鷹揚《おうよう》に構える姉妹の様子が滑稽さに繋がっている。

次に、大佐の孫でロンドンに住んでいるシリルをみてみたい。彼がお茶に来るというと、叔母である姉妹は、自分たちの欲しい物を我慢して高いケーキを準備するが、彼は食べられないと言って彼女たちをがっかりさせる。それならメレンゲはと勧めるが、彼は半分しか食べない。食欲旺盛であってこそ若者らしいのに、彼の食欲は惨めで弱々しく、また叔母たちの好意を平気で無にする気儘な人物である。

この若者に、お父さんはいまでもメレンゲが好きかどうかと、コンスタンシアは尋ねる。しかし彼はよく分からないと快活に答えるが、自分の親の好みが分からず、しかも「全く」、「全然」知らないと「快活」に答えている。この奇妙な彼の答えに対してジョセフィンは「父親のことなのに知らないの」と噛み付かんばかりに言うと、笑ってけりをつけようとする。しかし叔母たちの手前そうもいかず、全く辻褄の合わない事を口走って彼女たちをがっかりさせる。そして父親の好みを思い出すのにこんなにも考え、時間をかけなければならないのかと彼女たちを嘆かせる。やがて彼はようやく思い出して、父親はメレンゲには目が無かったと言う。父親の大好物を成人した息子が分からない筈がなく、また時間をかけて思い出すようなこともないはずである。それほど彼の記憶は、食欲と同じように貧弱なのである。

姉妹とシリルの話題にあるメレンゲとは、卵白と砂糖を硬く泡立てたもので、洋菓子の生地やムースに混ぜ込んだり、飾りなどに使われるフワフワしたもので、これは彼らの意味のない人生そのものである。メレンゲが好物かどうかというような些細な事を話題にし、それをさも重大な問題であるかのように話し合っている彼らの様子からも、形はあるがしっかりとした実や核がない、あるいはそれらが備わっていないメレンゲの特質と同じであることも理解できる。

シリルはお茶の後、祖父の大佐に会いに行くように言われるが、友人と約束があるから長居はできないと言ったり、娘たちの時計が遅れているなどと言って行きたがらない。そしてコンスタンシアに一緒に行こうとさそったり、またようやく祖父に会っている時でも、コンスタンシアは何処にいるのかと探したりする。さらにジョセフィンの話していることが聞こえないので、大佐がシリルに説明を求めると、彼は顔を赤らめてジョセフィンを見つめて助けを求める。彼のこのような様子は、軽薄さの象徴である。なぜなら、彼が大佐の孫であることや若者であるという事実にも拘らず、びくびくして常に人を頼っている臆病者であるからだ。

次に元大佐で、娘たちの父親であるピナー氏についてみてみたい。

彼は娘たちの回想に登場し、彼女たちから手厚い看護を受けていることがわかる。暖かい部屋の椅子に腰を掛けて、厚いひざ掛けが置かれ、その上には、きれいな薄黄色のハンカチが置かれていて、老人がゆったりと時を過ごしている長閑《のどか》な情景である。

しかし「ぐずぐずするんじゃない」「何をしに来たんだ？」と杖を握り締めて座っているその言葉から、彼には威厳があって、機敏な行動を好む老人であることがわかる。また彼は握っている杖で他人に指示をしたり、気に入らないことがあると、杖で床をドンドン叩いて癇癪を起こしたりする。彼自分の感情を抑えることが出来ず、周りにいる人や事情などを全く考えない独裁的な面も持っている。このことから彼の生前は全て父親のペースで進められ、それが彼女たちの生活であったことがわかる。

例えば通りでバレル・オルガンが鳴り始めると、娘は六ペンス銀貨を持って大急ぎで駆け出して行き、他の場所へ移るように頼んでいた。その時も、早くしないと父親の大きな怒鳴り声が飛んで来るのである。このような時の父親への恐怖心は習慣的なものとなっていて、父親が亡くなってからも続いている。これは彼の名前が Pinner 刺す人（物）であり、これは他人の精神を刺す人、恐怖感を与える人と解釈すると、彼の特質がより一層明確になる。このことから臨終の時でさえ片方の目だけを開いて、娘たちに最後まで恐怖心を抱かせていた事も理解できるのである。

娘たちの父親に対する恐怖心の中に、彼が持っている杖がある。自分の意にそぐわない時は杖を使って恐怖感を与え、有無を言わさず従わせる。このように杖で全てを牛耳ろうとする大佐は、自分の要求を聞き入れてもらえないと泣き喚《わめ》く子供と同じで、我儘な弱者である。杖を握り締める大佐は威厳があって強そうであるが、弱者故に杖を持ち、体裁を保っていると考えると、杖しか頼る物がない老人の弱さと空威張りしている彼の卑小性が明らかになる。

このような彼であるが、娘たちからは永い間手厚い看護を受ける。しかし彼が彼女たちにしたことは、拘束と強制だけである。自己中心的な彼は二人の娘を嫁がせもせず、自分の看護をさせていた為に、彼女たちはすでに中年期に入っている。彼女たちの人生を束縛している元大佐の父親は、感情や精神面が欠如している人物として示されている。しかも彼は英国では「名誉位」の大佐であることを考え合わせると、彼の地位の高さと人間性の卑小さとのコントラストが大きく、そのアンバランスのために滑稽な人物という印象を我々読者に与えるのである。

次に大佐の娘たちの行動をみてみたい。彼女たちは永年の習慣から、父親の死後も彼への恐怖心を持ち続け、時には考えられない行動に出る。姉のジョセフィンは父の棺が埋葬された後、たいへんな恐怖に襲われる。自分たちは父の許しも得ないで墓地へ棺を納めたが、父はきっと怒るだろう。その時はどうしよう、と恐れている。彼女は父親の死後も、自分たちの行動に対する父への言い訳を考えたり、咎められるのではないかと恐れている。たとえば葬儀費用の勘定書を見せた時の父親の姿を想像して、こんなことするんじゃなかったと、まるで自分たちのしたことが大きな間違いであるかのように、怯えながら妹に言っている。そしてその妹は、「お父様は決して許してくれないわ。(埋葬したことを)」と言って泣いている。父親の死を認識出来ないこともさることながら、少なくとも四十歳はすでに過ぎているだろう人物の言葉とは思えない。その原因は父親の頑固さと我儘にあり、それが娘たちを精神的に成長させなかったのだと考えると、滑稽さと共に悲哀さえも感じる。

同じようなことが、他にも見ることが出来る。葬儀が終わって二日後、父親の持ち物を片付けることになった二人の娘は、彼の部屋に入ろうとするが、どのようなことがあっても入らないという永年の決まりがあった。その上ノックをしないで部屋に入ることに違和感を持ち、姉の方は膝の力が抜けてしまうほど恐れてしまう。お互いに先に入るようにと譲り合っているとき、姉妹は女中のケイトが二人の様子を見ていることに気付く。父が亡くなったのでノックの必要はないし、ケイトにその為の体裁を繕う必要もない。しかし彼女たちは父親の許可もなく部屋に入ることに罪悪感を持ち、また無断で部屋に入るところを女中に悟られないようにと、二人でドアの取手を懸命に回す演技をしている。

父親の部屋は静かで冷え冷えとしていて、その上全ての物が白い布で覆われているので、二人はすっかり怖気づいてしまう。そしてその異常な恐怖感から父の遺品を整理する気力を無くし、姉はタンスのそれぞれの引き出しにも父親がいると思い、それを開ける勇気がないと言い出す。すると、妹も即座に中止することに賛成する。

妹は「強がるより意気地なしの方がずっといい」と言い、物事をやり抜こうとする気力のない弱者になろうと言う。その後、生涯で二度しか実行したことのないとても勇敢な行動——父親のタンスの前に行って鍵を回し、それを抜き取ること——をしている。ちなみに彼女のもう一つの勇敢な行動とは、随分前に弟のベニーを池に突き落としたことらしい。しかし父親のタンスに鍵を掛けることが、弱者になろうと主張した妹の行為だと考えると、そこに辻褄の合わない滑稽さがある。

父親の遺品の整理さえ恐ろしくて出来ない姉妹であるが、それでも彼の所持品を誰にあげるのが一番良いかを相談する。そのひとつとして、シルクハットを門番にあげたらどうかと妹は姉に言う。彼は父親に親切であったし、葬儀に参列する機会も多いだろうから、また父親の葬儀の時に、彼だけがシルクハットでなく山高帽子を被っていたからというのがその理由である。しかし姉は、父親のシルクハットは父の頭その物だからと言って反対する。父親の物は父親自身であり父親そのものだから、他人にむやみに与えることに姉は我慢出来ないのである。

しかし色々考えた末に、金の時計は孫シリルにあげることで娘たちの意見が一致する。彼がお茶にやって来た時などに、父の時計が見られるのは、彼女たちにはとても嬉しいことだからである。それに彼女たちにとって父親の所持品は父親そのものなので、手放したくないのである。だからたとえ手放しても、自分たちの目に触れる機会があるようにと望むが、それは父と娘の情からではなく、怖かった父親だから、所持品であっても手放すことに彼女たちの不安があるためである。ここに娘たちの心の動揺と、中年になっても尚父親に強く依存している彼女たちの姿を見ることが出来る。

次に娘たちの知識、社会観や常識などについてみてみたい。彼女たちはセイロンに住む弟ベニーに、父親の遺品を送ろうと話し合う。しかし姉のジョセフィンは、セイロンへ物を送るのはたいへん難しいという。なぜなら、郵便なんか無くて飛脚しかいないからだという。姉の誤った知識を疑いもしない妹は、姉がセイロンに住む弟の許へ金時計を送る計画を聞くと、「土人の飛脚だというのに金時計を送るの？」と問い正す。彼女たちにとってセイロンとは飛脚がいたり、宝石類を見た事もない土人がいたり、またチョッキを着ることもなくコルクのヘルメットを被っている人々が多くいる未開の国なのである。弟など身内が外国に住んでいるのなら、少くともその国についての正しい知識があっても良い筈なのに、彼女たちにはそれがなく、また知ろうとする努力も怠っているようである。

世間に対する十分な知識を持っていない娘たちは、常識からも逸脱している。妹は姉に、喪に服さなければならないのだから、正装用の服と同じように、部屋着も黒に染めたほうがいいのかと尋ねる。黒の服を着るのは、社会に対して喪中であることを明らかにするためで、部屋着まで黒に染める必要などないのである。彼女たちは現実を見つめてはいるが、言動は一般常識とかなりかけ離れていて、発想も幼稚であることがわかる。

妹が部屋着を黒に染める件で相談を持ちかけている時、姉は黒に染めた部屋着は自分の赤いスリッパにも、妹の緑のスリッパにも良く似合うと考えている。黒は喪中を意味する色であるが、彼女にはそのような意味よりも、単なるファッション感覚として捉えているのである。

同じような場面が他にも見られる。大佐が亡くなったと聞いて、聖ヨハネ教会からファロレス氏がやって来て葬儀について彼女たちに尋ねている場面である。姉が深刻に父親の棺について彼と話しているのに空想好きの妹は、まるで寝間着でも買うような感じで「長持ちのする上等なのがいい」と心の中で茶化している。厳粛な話題であるはずなのに、この場面でも彼女は家具や服を選ぶような感覚として捉えている。

この姉妹にみられる無邪気さや幼稚性は、時としてかわいらしさに繋がるが、前述したように成熟した大人、少なくとも四十歳はすでに過ぎている大人と考えると、内的成長が見られず滑稽である。このような娘たちと、若い女中ケイトとの関わりに焦点を当てて、次にみてみたい。

高慢な若い女中は、時々不審な行動をして娘たちを煩わせる。その為に彼女たちは女中の不審な行動を明らかにしようとするが、どうすれば出来るのか、その術を知らない。それで最終的に彼女自身に尋ねて、それに対する彼女の答えを信用する以外に策はないという。その場の状況判断、話の内容、本人の表情など、様々なことを考え合わせて判断して相手を推し量ることが、人としてするべきことである。しかしただ単に相手に質問して、相手の答えをそのまま信用することから、彼女たちの幼さ、思慮のなさがわかる。

もう一つの出来事をみてみたい。ケイトは姉妹が外出している間に、彼女たちの持ち物を密かに調べているようで、この女中の不審な行動を証明しようとするが、姉妹二人にはそれができない。それは彼女たちが他人を疑うことを知らず、父親の保護という真綿にやさしく包まれていて、物事を識別したり判断する力を養っていなかった結果である。そのために若い女中一人ですら、意のままに出来ない中年女性の未熟な実態が示されているのである。

さらにこの未熟な中年の姉妹は、いつも自分たちを煙に巻く女中をこのまま家に置いておくかどうかについて検討する。父親がなくなったので、もう彼女に食事を作ってもらう必要はないが、しかし一方で、自分たちの食事を自分たちで作ることが出来るかという不安が出てくる。女中がいなくなったら何を食べたらいいのか、工夫しながら卵料理をすればいいとか。そして最後には、調理した物が売っているではないかという話になってしまう。

しかし、彼女たちは子供ではないのであるから、料理は当然出来て当たり前で、出来なくても努力すれば出来るようになるのだから、不安になること自体おかしいのである。女性であり、大人であるのに食事さえ自分たちでは作れない。そしてあれこれ話し合ってみても、結局は若い女中に馬鹿にされながら、食事の面倒をみて貰わなければならないという結論に達する。このような状態で彼女を辞めさせるか否かの問題に結論など出る筈がない。ここでも物事の変化に対応出来ない娘たちの未熟さが再度示されている。

彼女たちが女中を辞めさせた場合に、食事のことを上手くやっていけるかという不安を持つ場面は、この作品の冒頭で彼女たちの部屋にネズミが出た場面と関連している。部屋に出てきたネズミを見て、何も食べる物を見つけることは出来ないだろうと、妹はネズミに同情する。そして彼女は、どのようにして生きていくのだろうと思う。食べ物を探し回っているネズミは、女中を辞めさせた後の娘の様子なのである。ネズミには「予兆」や「家庭内での死」という意味があり、また「ネズミを怖がる女性は男性も怖がる」という意味もあり、これは、そのまま彼女たちに当てはまる。

彼女たちの内的意識は、ネズミのイメージをきっかけに広がっていく。食事の時にアンドリュー看護師の腹立たしい癖が出ると、姉のジョセフィンはビーズのような丸くて小さい目で、テーブルクロスに小さくて不思議な虫が入っているかのように、じっと見つめている。妹のコンスタンシアの長くて青白い顔は、さらに長くて硬い表情になり、目はラクダのように遥か遠く離れた砂漠の彼方を見ている。二人のこのようすは、ネズミのイメージから姉は「虫」、妹は「ラクダ」のイメージへと移行する。

昆虫 insect は、small, minute, bead-like などのことばと共に「極めて小さいこと」を強調し，姉の目がたいへん小さいことを印象付けている。そしてラクダ camel は、long, lengthened, away, far over, desert などの言葉と共に、果てし無く離れた距離や長さを強調し、長くて青い妹の顔を印象付けている。

これら二つのイメージは滑稽さの強調だけでなく、彼女たちの内面にある男性のイメージであると仮定すると、彼女たちが弟ベニーの住むセイロンに思いを馳せる時に、いっそう具体的になり、昆虫 insect から蟻 ant へ、そしてラクダ camel から疲れを知らず tireless、そして背の高い、痩せた男性 tall, thin fellow へとさらに移行する。姉の想像する男性は、小さな蟻のようにキラキラ光りながらチョコチョコと駆けて行き、妹のそれは背が高くて疲れを知らず、向こう見ずで感じの悪い男性として描写されている。そしてこのふたつのイメージは、最終章でさらに広がりを見せる。

姉は最終章で、「偉大なさすらい人」の意味をもつ太陽の優しい光が部屋の家具やピアノの上にある写真を照らしているのに気付く。彼女は照らされた三十五年前の写真を見ながら、母親のことや彼女の死因を妹に話した昔のことを思い出し、彼女の内面が「偉大なさすらい人」となって過去へ戻っていく。そしてもし母親が生きていたら、父親の世話は母がしていただろうし、自分たちも違う人生を歩んでいて、結婚もしていたかもしれないと思うのである。

その後彼女は優しい日差しに誘われて、現実世界に引き戻され、窓辺へ行き、雀の鳴き声に耳を傾ける。しかし雀の鳴き声だと思っていたのは、実は自分の体から出ている聞き慣れない小さな鳴き声だと気付く。雀には「謙虚」、「憂鬱」、「孤独」の意味があり、太陽が伝統的に「男性」を象徴していることを考え合わせると、彼女の内面を理解できる。それは、父親の世話を中心とした生活を送っていて、男性と知り合う機会も無く晩年を迎えようとしている老嬢の孤独や憂鬱であり、それを象徴的に描写しているのである。

一方妹は、仏の前で不思議な思いに浸っているが、いつものような漠然としたものではなく、憧憬のようである。彼女が月の光のもとで大の字になっている時に、衝立に彫刻されている男性像が彼女を見ていることに気付くが、気にも留めない。会った事もない母親や女性と交流を持ちたいと願っている彼女の様子は、女性の象徴とされる月の明かりの中にいることでいっそう強調されている。

彼女のこのような願望を把握することで、なぜ彼女が衝立に彫刻された男性像に見つめられても、平気でいられるかを理解できるのである。また男性のイメージがラクダから疲れを知らず、そして背の高い、痩せた男性へと変化し、さらにとても不愉快な人 very unpleasant person と変化していることも理解できる。

彼女の男性回避の特質は、彼女のこれまでの人生での驚くべき二度の大胆な行動に表れている。子供の頃、弟を池に突き落としたことや、父親のタンスに鍵を掛けてしまうという行為で、男性から逃れたいという彼女の願望を象徴的に述べている。彼女のこの願望は、海岸で過ごした思い出のひとつに、皆から離れて波打ち際まで行って、自分で作った歌を唄いながら海を見ていたという回想部分で理解できる。「永遠」の意味がある海と彼女の思い出にある行動を考え合わせると、彼女はこれから先もひとりで生きていくことが暗示されている。

このように物語に表われる動物や昆虫を通して、姉妹の男性に対する内面が相反していることが理解できる。またそれらのイメージに滑稽さが加わることで、作品はさらに充実感を増している。内面は相反しているが、同じように侘しい晩年を送ると思われる姉妹に、作者は特有の技法でエールを送っている。

それはバレルオルガンの描写である。父親の亡き後は、それが鳴るたびに床をドシン、ドシンと叩く杖の音もなく、その為にとても心地よいと感じている。それまではいつも泣き出しそうな顔をしていたコンスタンシアの様子がすっかり変わっていることからも理解できるが、バレルオルガンの音色で快さをいっそうはっきりと表現している。作中ではメロディに関しては不明であるが、彼女たちには It never will thump again.（(杖を）トンと突く音はしない）と聞こえ、その韻律をみると It néver will thúmp again. という強弱弱の快適なリズムである。そして A week since father died. と続き、韻律は A wéek since fáther díed. で、規則正しい弱強調で力強さが表現されている。父が亡くなっ

Brass pig and nutcracker in the shape of a crocodile: formerly owned by Katherine Mansfield

て一週間経った、もう怖い人はいないよ、と主張しているのである。

バレルオルガンの音色は父親には不愉快なものであったが、娘たちにとっては「泉の水が湧くような美しい音色」となって広がり、あたりに鳴り響いている。もう父親に抑圧されることはないのだから、この音色のように、広い世界に飛び出して自由に伸び伸びと生きなさいというメッセージなのである。

しかし彼女たちは、自分たちの世界から飛び出す勇気はなく、その世界を変えようとする姿勢も持たない。彼女たちの人生で大きな障害であった父親が亡くなったのであるから、もう少し活気があっていい筈であるが、それがみられない。バレルオルガンの音色は限りなく広がるが、臆病な彼女たちは行動範囲を広げることが出来ずにいる。このままで晩年を迎えようとする二人の様子を、継続音 [:]、二重母音 [ai] や [ou] などを含む単語を使いながら、緩やかなテンポで象徴的に作品は終了する。

娘たちは父親の死をきっかけに現在や過去の人生を振り返り、またこれからの人生についても考える。しかし彼女たちは、人生に遅れをとって老いを迎える娘たちである。その彼女たちの状況に反してそれを感じないのは、「幸福と陽気さと笑いを信条とする」作者の意図とテクニックに他ならない。彼女は人間の愚かさを喜劇的要素として捉え、ユーモアやアイロニーを音楽や言葉のリズム（テンポ）そしてシンボルなどを手段としながら効果的に作品を仕上げているからである。

ブリル嬢

この作品は、タイトルから暗さや陰気な雰囲気ではなく、むしろ明るさの方が前面に押し出される物語のように感じられる。しかし周到な技巧で、登場人物の孤独が示されているのである。その独自の手法を探りながら、この作品についてみてみたい。

孤独とは、「頼りになる人や心の通じ合う人がいなくて、ひとりぽっちであること。寂しい事」で、人や物から切り離された状態のことである。主人公ブリル嬢は、故郷を離れてフランスに住んでいる。独りぽっちであるが、英語を教えたり、また週のうち四日は、病気の老紳士に新聞を読んであげているという。人は他人と接したり話したりすることで孤独の寂しさから逃れようとするが、彼女もしかりで、異国での生活習慣の違いや、少ない人間関係から来る寂しさから自分を守り、慰めようとしている。

その行動のひとつがジャルダン公園へ出掛けることである。その公園の人出は先週に比べてずっと多いと思っている事から、彼女は毎週日曜日にこの公園へ来ていることがわかる。また彼女は、毎週同じ時刻に家を出て、その公園の同じ場所に腰を掛けているというのである。英語を教える生徒や新聞を読んであげている病身の老紳士だけでなく、それ以外の人たちとも何らかの係わりを持ちたいという思いで彼女は公園へ出掛けているのである。

また人間関係だけでなく、ちょっとした事柄や物にも彼女は慰めを求めている。そのひとつが毛皮の襟巻きである。彼女は、毛皮の襟巻きに「可愛い子」、「可愛い悪戯っ子」と呼びかけている。そしてそれが可愛くて撫でてやりたい気持ちになるのは、寂しい暮しをしている人たちに見られる特徴のようである。独りぼっちで寂しいから誰かに話し掛けたり、何かに、あるいは誰かに優しくしたくなるのである。その思いは、孤独であればあるほど大きく強くなる。ブリル嬢の場合は、毛皮の襟巻きが彼女の慰めになっているのである。彼女は、英語を教えている生徒や新聞を読んであげている老紳士や公園に居る人々だけでなく、この毛皮の襟巻きにも慰みを求めている。彼女がいかに人間関係から切り離された寂しい生活をしているかが理解できる。

孤独な人は彼女のように人や物との係わりを密にしたいと考えているが、それが物の場合は、彼女が毛皮の襟巻きを「可愛い子」、「可愛い悪戯っ子」と可愛がるように、物を人と同じように扱ったり話し掛けたりすることが多い。また常にひとりでいる人は静けさの中にいるために、五感もとても鋭くなっている。このことから、次にその五感についてみていきたい。

触覚については先に紹介した毛皮の襟巻きに手を触れて、その感触の心地良さを述べている。そしてさらに、その襟巻きが可愛くて仕方なく、撫でてやりたいと思う。そしてそう思うと手や腕がムズムズしてくるという。しかしそれなのに、ちょっと息をした時に悲しげなもの、というより、何か優しいものが自分の中にあるのではないかと彼女は思っている。

ここで気付くのは、撫でてやりたい気持ちの主人公に優しさ gentle と、それとは全く異なった意味の悲しみ sad もあることで、ここに「意外性」が示されていることである。そしてさらにこの正反対の感情を something という言葉で表現し、あくまでも具体的な言葉を避けて漠然とした表現をしていることにも気付く。

次に味覚に関しては、彼女の日曜日のご馳走として買い求める一切れの蜂蜜ケーキがある。公園から帰る時、いつも一切れだけ蜂蜜ケーキを買うが、そのケーキにアーモンドが入っていたりすると、それは

「思いがけない贈り物」と喜びながら帰宅し、急いで湯を沸かすのである。たった一切れのケーキに、小さなアーモンドが入っているかいないかという些細なことに一喜一憂している。このようすから彼女の変化の少ない日常生活を知る事が出来るが、一方では、そのような些細な出来事にしか喜びを見出せない彼女の孤独な日々も映し出されている。

次にこの作品に見られる視覚についてであるが、この作品では、視覚と聴覚の動作がしばしば重複している。その場合は、動作の大きい方でまとめて説明したい。この作品の冒頭は、美しく晴れ上がっていて、青空には金粉が振り掛けられ、公園の上空には白ワインが撒《ま》き散らされたような大きな斑点が出来ているという描写で始まる。「美しく」や「金粉」などのことばから快晴かと思うが、「白ワインが撒き散らされたような大きな斑点」と読み進めると、すっきりと晴れ上がった天気ではなく、大きな雲がいくつか空にあって、肌寒くさえ感じる

エイボン川河畔
クライスト・チャーチ

変な天気だということがわかる。

文体をみてみると、although や but などの逆説語が用いられたり、so brilliantly fine や motionless という言葉に対して a faint chill や a leaf came drifting のように、反対を意味する言葉がみられる。またひとつの文が長く、歯切れのよい短い単語の中に although, brilliantly, powdered, splashed, Jardian Publiques、そして motionless のような多音節の単語がみられる。これは美しく晴れ上がっているのに、ブルッと震えるような冷たさを感じる「意外性」を聴覚から訴えていると捉えられる。

主人公の視覚を続いて読み進めると、彼女は尼さん、美しい婦人、そして少年を見ている。冷たい感じで青白い顔をした尼さんが急ぎ足で行き、その後、美しい婦人がやって来て、スミレの花束を落とす。それで小さな男の子が追いかけて行ってその花束を渡すが、彼女はそれを受け取ると、毒が塗ってあるかのようにそれを投げ捨てる。少年の好意に対する美しい婦人の行動は、外見の美しさに反する内面の意外性を指摘している。それは通り過ぎていった、冷ややかで青白い顔の尼さんも同様で、その人たちに当然備わっていなければならない物、身に付けていて当然の物を持っていないという意外性であり、彼らへの皮肉でもある。

そしてもうひとり、貂《テン》の帽子を被った婦人は、髪や顔つきだけでなく、目までが見栄えのしない貂の帽子と同じ色をしているという。また手も黄色くなっていることからも、その婦人は若くはなく老境に入っている事が判る。その女性はやがて背が高くてグレイの服を着た堂々とした紳士と出会う。

彼女はその紳士に何か話しかけているが、彼は頭を振って煙草に火をつけると、煙を女性の顔の方に吐いて、彼女がまだ話したり笑ったりしているのに、火をつけ終わったマッチを捨てて行ってしまう。彼女は彼の失礼な態度に怒りもしないし、彼がいなくなってしまったのに、彼女はますます明るい笑顔を見せている。何とも奇妙な様子であり、意外な出来事である。

この場面では、貂の帽子を被った女性の意外な側面だけでなく、何処から見ても紳士であるその男性が、女性に失礼な態度をとっているという意外性を示している。ブリル嬢の視覚を通して、彼女の鋭い観察力と共に、人間の外見と内面の違い、特に身なりの良い人の、他者への冷淡さや卑劣さを作者は非難している。

次に聴覚についてみてみたい。作者は夫の弟で芸術家でもあるリチャード・マリーへの手紙に、この作品では読者の聴覚にも訴えたいと書いている。それぞれの文章の音の響きや調子、そして高低などを意識して、より音楽的な効果も出したいと考慮しているという。従って聴覚について詳しくみる事は、作品の理解を深める手掛りとなるはずであり、それについてみてみたい。

主人公が日曜日ごとに公園へやって来る目的は、彼女の少ない人間関係のために、人の話しを聞いて彼らの話の輪に入り、ほんの一時だけでも仲間になりたいと思うからである。そうすることで人生を共有している喜びが味わえる、彼女はそのように思うのである。しかし彼女の隣に座って、何も話さない人もいる。その時の落胆は大きいが、彼女はそれに代わる物を直ぐに探し出すのである。

彼女の聴覚は、人に対してだけ敏感に反応するのではなく、公園で楽隊が奏でる曲にもきわめて敏感なのである。演奏は日曜日ごとにあるが、シーズンが始まって一段と陽気で賑やかになり、活気づいてきたと彼女は思っている。その演奏に関する感覚は、彼女の視覚と平行しながら、作品のクライマックスへと進んでいく。

シーズンが始まり、指揮者の衣装が新しくなったかどうか、演奏者たちの様子はどうかと、彼女の観察は、視覚から聴覚へと移動する。始めにフルートの短い音が聞こえ、「とても愛らしく」そして「キラキラ光る小さな一連の水滴のようだ」と感じる。これは曲の始まりの表現であるが、「小さな一連の水滴」というのは、大海となる水滴のいちばん最初、オープニングである。その第一段階が、美しく澄んだ音色のフルートで奏でられる。それは、これから始まる荘厳で美しい曲を暗示している。

そしてこの曲は、彼女の視覚と共にさらに広がり、次のように描写されている。Tum-tum-tum tiddle-um! Tiddle-um! Tum tiddley-um tum ta! この曲のメロディーは分からないが、リズムは次のようになる。 三拍子の軽快な曲であるが、四小節目 Tum tiddley-um だけが二拍目に四連符がはいり、リズムが崩れている。そしてこのリズムの崩れは、次に続く描写にも見られる。

それは次のように強弱四音歩格を形成しているが、途中で強弱のリズムが崩れる。この文中 Twó young gírls in réd came bý and twó young sóldiers in blúe met thém で、二音節の soldiers は、単独で強弱を形成するために弱音が二度続き、そのためにそれまでの強弱の軽快なリズムは崩れてしまう。これは後述する主人公の視覚と、そこにみられる意外性に関連するものである。またこのリズムを崩す soldiers には「警戒」という意味があり、先に述べた意外性と共に留意しなければならない点である。

主人公の視覚についての箇所で、貂の帽子を被った婦人について述べたが、紳士が去った後は、彼女の心を察知しているかのように、楽団演奏は「より静かに、よりやさしく」なり、太鼓は「ひどい、ひどい」と彼女を代弁しているかのように、何度も繰り返し響く。この描写の played more softly, played tenderly には、/l/ 音が繰り返し使われていて、/l/ 音の柔らかで流れるような音の効果と単語の意味が見事に一致し、彼女を慰めているようである。そして the drum beat "The Brute! The Brute!" over and over では、/d/, /b/, /v/ の濁音で彼女の怒りを表している。

作品の後半部分では、彼女が楽しみながら聞いている演奏が一休みした後、再び演奏が始まる。それは暖かい感じで明るく演奏されるのに、なぜか彼女はブルッと震えるような冷たさを感じている。しかし悲しいのではなく、何か歌いたくなるようなものだという。このことから楽団は、ただひたすら明るい曲ばかりを演奏しているのではなく、意外な側面のある曲を演奏していることがわかる。そしてその演奏曲と彼女の気持ちが一体となって高まり、物語は終局を迎えるのである。

彼女は楽団の演奏曲と一体になっているだけでなく、公園にいる全ての人達とも仲良くなる事ができたと思って、歌い出したいような気持ちになっている。独りぼっちの彼女は、多くの人たちと理解しあえたと思って嬉しくてならない。微笑みながら人々を眺めている主人公の目は、涙に濡れている。独りではなく、たくさんの仲間が居るという連帯感と幸福感に満ち溢れた主人公がそこにあり、最高の気分でいる。丁度その時、恋をしている少年と少女がやってきて、彼女の「特別席（いつも決まって腰掛けるベンチ）」に腰掛ける。

立派な身なりの若い二人は、父親のヨットから降りてきたばかりらしい。それまでその席に腰を下ろしていた年配の二人連れは、何も話さなかったので、彼女は公園のあちこちを眺めて楽しんでいた。しかしやがて若い二人の話が聞こえてくると、彼女はそっと聞き耳をたてる。

少年は彼女にキスをしようとするが、彼女は「今は嫌よ」「此処では嫌よ」と拒絶する。それで腹がたったのか、少年はそばにいる主人公のせいだと思って、「間抜けな老いぼれ」、「耄碌《もうろく》した奴がいるからかい」と少女に問いかける。そして「あんな老いぼれに誰も用がないのに、なぜのこのこと出てくるんだろう」と言ったり、さらには「何処かへ行ってしまえ」と悪態を吐く。すると少女も同じように、「鱈《タラ》のフライにそっくりだわ」と主人公の襟巻きを見て嘲笑う。

公園にいる人達は皆仲間で、お互いに理解し、助け合っている。そう思って彼女は感激の涙まで流しているのに、人生の門口に立ったばかりで、しかも経済的にたいへん余裕がある親の傘下にあり、まだ幼いともいえる若者から屈辱的な言葉を浴びせられて、彼女の最高の幸福感は見事に打ち砕かれてしまう。ここで、これまでみてきた視覚や聴覚の中にあった意外性が、実はこの場面への伏線であったと気付くのである。また若者の老人に対する思いやりのなさや、外見と行動との不一致が、改めてここで強調されるのである。

例えば若者の老人に対する行動については、すでにブリル嬢の視覚でしっかりと捉えられている。長く髭を伸ばした足の不自由な老人が、横一列に並んでやって来た四人の少女たちに、危うく突飛ばされそうになっている。体の自由が利かない老人を労《いた》わることもできない少女たちに、楽隊の太鼓は、The Brute! The Brute! と響いている。これは先に述べた貂の帽子を被った婦人の内面の叫びだけでなく、他人への配慮すらできない少女たちに対する警鐘でもある。

外見と行動の不一致に関しては、美しい女性がスミレの花束を落とし、少年からそれを手渡されるが、まるで毒を塗った花束でも見るような手つきで投げ捨ててしまう挿話も然りである。美しく着飾っていても、内面もそうとは限らない人がいること、人間の意外性を示しているのである。このような心無い人たちに、彼女は唯一の楽しみを台無しにされてしまう。

主人公は、公園からの帰りには、いつも一切れの蜂蜜入りケーキを買うのが楽しみで、しかもそのケーキにアーモンドが入っているかいないかという些細なことに一喜一憂している彼女である。しかし若者の言葉に衝撃を受けた彼女は、ただ一目散に帰宅して、暗い小部屋に閉じこもる。その様子は次のように描写されている。

But today she[Miss Brill] passed the baker's by, climbed the stairs, went into the little dark room — her room like a cupboard — and sat down on the red eiderdown.

単音節の単語で、彼女が足早に帰宅する様子がよく理解できる。また/a:/, /u:/ などの継続音や /d/, /b/ の濁音を持つ単語で、彼女の深い悲しみを読者に訴えている。

帰宅した彼女は身に着けている物を素早く取り去る。そのひとつが、古くなって鼻が欠けてしまっている襟巻きで、彼女が可愛がっていた物である。それなのに着飾った若者から「鱈のフライみたい」と馬鹿にされたので、急いで外して箱の中に押し込んでしまう。そして彼女が蓋を閉めた時、何かが泣いている声が聞こえたように思う。これは she thought she heard something crying と描写されているが、この表現は、具体性に掛けている。something という得体の知れない物と、she thought she heard という曖昧な表現をしているからである。

そこでまず something についてみてみる。これは前述した something sad と同じ表現を用いているが、この場合も something crying と表現されて、具体的に何が泣いているのかわからない。しかし、彼女は箱から取り出した襟巻きに「可愛い子」と語りかけるなど、人間化していることから、再度箱に入れられた襟巻きが泣いていると思っても不思議ではないし、自分の寂しい気持ちを慰めてくれる対象物が嘲笑されて口惜しく思っている主人公の嘆きであるとも考えられる。

しかしこの毛皮の襟巻きの伏線として、貂の帽子を考えられるので、それについて先に考えてみたい。前述したように、みすぼらしい貂の帽子を被った女性は、紳士然とした男性から失礼な仕打ちをされて、公園にひとり残される。主人公も古ぼけて鼻が欠けた毛皮の襟巻きをしていたことから、若いカップルから笑われてしまう。彼女たち二人の共通点は、古ぼけた毛皮を身に着けていることと、その毛皮と同じくらい年齢を重ねていること、つまり老境であることで、毛皮は、老境の彼女たちを象徴しているのである。そしてまた、貂の帽子や鱈のフライのような襟巻きに、年齢だけでなく、そこから派生する死の意味も含ませているのである。このことから something crying は、主人公の嘲笑されたことへの嘆きだけでなく、老いや、死に対する嘆きであると理解できる。

次に she thought she heard という表現について考えてみたい。「聞こえたように思った」ということは、聴覚ではなく、その他の五感の感覚でもなく、人間の心で理解する事なのである。具体的に欠ける表現ではあるが、主人公は心で捉えているのである。だからそれは的確には表現しにくく、かといって五感で感じ取ることも出来ないもの、自分自身の心の奥底でだけ感じ得るもの——嘆きや幻滅、そして死への不安——なのである。

彼女は老境にあり、死を間近に見つめる時期が来るのも遠くない年齢である。しかし祖国を離れて異国で暮し、胸中を打ち明ける人もいない。その上、週に一度の唯一の楽しみ——公園への外出とそこでの人間観察——さえ、若い男女によって台無しにされてしまう。そして嘆きや幻滅に襲われて、主人公は自分の世界に閉じこもってしまう。

マグピー
オークランド・ドメイン

このような状態の主人公と、タイトルの「ブリル嬢」“Miss Brill” を思う時、よりいっそう彼女の侘しさ、寂しさを感じ、またこの先の彼女の人生の虚しさを感じる。タイトルだけをみると、Miss という印象から、生き生きとした活気が溢れ、溌剌としたお嬢さんという印象が強いが、作品の内容を理解すると、Miss ではあるが、老嬢であるが故に、強い孤独を、そして死を感じられる作品であることがわかる。

パーカー老婆さんの人生

この作品はフランスのメントンで書かれ、1921年二月にネイション誌に発表されている。主人公の一日のうちのほんの短い間の行動と、細切れに展開される意識の流れを描写しながら、彼女の全生涯が語られている。そしてその作品の中で、「辛い人生」hard life を繰り返すことで、彼女の過酷な人生を強調している。

作者は冒頭で、主人公パーカー老婆さんについて述べている。彼女は世話をしていた孫を亡くしたばかりの老婦人で、冒頭から嘆きや寂しさ、孤独感が伝わってくる。それを文中では inside the little hall, buried などのことばや、/a:/, /i:/, /u:/, /ɔ/ などの長母音をもつ単語をはじめ、多音節の単語や複合語などを使って表現している。そのために悲しく、陰鬱な印象がより深く、強く感じられるのである。

また内容と共に、文体的にも悲壮感を与えるような配慮がある。しかし作品を読み進めると、彼女の過酷な人生は孫の死だけでなく、彼女のそれまでの多くの不幸な出来事や、悲しい経験による事も分かってくる。そこでそうした事象を取り上げて、主人公の人生を、作者の技巧と共に考えてみたい。

冒頭で主人公が老人であることが分かるが、さらに彼女の様子を述べながら、彼女の老いを強調している。孫を亡くした悲しみの為なのか、年老いて耳が遠くなったからなのか、著作家が葬式は無事に済んだのかどうかを尋ねたときも、「何でございますか、旦那様？」と聞き直している。その彼女の様子を見た彼は、可哀想な年寄りだからと思ってもう一度尋ねるが、彼女からは何の反応もない。悲しみに打ちひしがれて茫然自失の老人、その上耳が遠くなって思うに任せない老人が描写されていて、これがまた彼女の人生の悲哀を大きくしている。

次に彼女が深靴を脱ぐ描写で、さらに身体的な老化を伝えている。座ったまま深靴を脱いだり履いたりする時の苦痛が、長い年月続いているという挿話である。苦痛 agony を繰り返し用いていて、その動作による彼女の苦痛がひどく、辛い思いが継続していることもわかる。一方ではこの単語をゲッセマネ（エルサレム近くの花園で、キリストがユダの裏切りによって捕らえられる直前、自分の運命を予見して苦悶した場所）でのキリストの苦悶とオーバーラップさせて、主人公の苦痛を印象付けようとしているとも考えられる。彼女の苦痛は靴を脱いだり履いたりする時のような肉体的な苦痛ではなく、可愛い孫を亡くした精神的な苦痛で、生きている限り続く人生の苦痛や苦悩なのである。

その彼女が窓から眺める空の様子も、やはり彼女と同じで悲しげに広がっている。雲は端の方が擦り切れたり、真ん中に穴が開いたり黒いシミがあったりして、まるで疲れきった年寄りのような雲だと彼女は思っている。この思いこそが彼女の人生そのもので、侘《わび》しく見える空に漂う雲は彼女の象徴で、老いた身でありながらも、人生をひとりで彷徨《さまよ》い歩いている彼女を表しているのである。汚れた小さな窓から空の雲を眺めるこの場面で、自分の人生の枠から逃れる事が出来ない、老いた主人公の現実が象徴的に語られている。

この主人公の生活環境は、子供の頃を思い出している場面で理解できる。暖炉のある席に座ると星が見えたことや、母親がいつも天井からベーコンを吊るしていたという思い出などは、貧しさの象徴である。この描写 Mother always 'ad' er side of bacon 'anging from the ceiling. にある彼女のことば使いでは、正確な発音ができていないことから、十分な教育を受けていないことも明らかになる。このことは子供の頃の母親との思い出や孫との会話での言葉使いからも充分にそれがわかる。

たとえば、chimley (chimney), beedles (beetle) などと表現されている。さらに言葉への認識のなさは、arsking (asking) などのように使われていて、それは孫との会話の時に、よりはっきりと理解できる。孫の言葉使いも彼女と同じで、正確な発音ではなく、十分な教育を受けていない人たち特有のものである。

そして十六歳の時に、彼女は故郷のストラトフォードからロンドンへ台所女中に出されたということからも、貧しい家庭状況が理解できる。そして孫との会話にみられる「お金がないの」、「古ぼけたぺしゃんこの黒い革の財布」などからも、彼女が貧しい生活状況であることが分かる。また、主人公と一緒に住んでいる娘が手紙を書く時は、卵を入れる容器にインクをいれてインク瓶代わりにしていて、それが調理台から持ち出されている。勿論貧しいからという理由であるが、同時に彼らにとってインク瓶は普段あまり使う事がないために代用品で対応しているということも分かってくる。

次に著述家の自宅へ掃除に来ている彼女の持ち物や身なりをみてみると、掃除道具が入っている古い手提げ袋や着古した上着にも、彼女の生活ぶりが表れている。しかし彼女の貧しさは今に始まった事ではなく、幼いころからずっと続いていたのである。つまり彼女は、生まれながらにして貧しく、弱者であったのだ。

彼女の貧しさは、違った観点からも述べられている。それは、彼女は偉大なシェイクスピアの故郷ストラトフォードと同じ出身なのに、長い間、その名前さえ知らずにいたということである。この事実は、彼女がそのような事とは全く無縁の世界にいたことを物語っていて、このことは彼女が充分に教育を受けていないという理由だけでなく、普通の人間社会との関わりさえ持てないひどい環境の下に彼女がいたということを示しているのである。

結婚後はパン屋の夫を支えるが、たとえ自分の店であっても、殆ど店頭に出た事がないという。彼女は子供の頃から他人や社会との係わりをもつ機会がなく、ある時は他人の家で、またある時は自分の家の狭い空間の中だけで暮らしていたのである。その結果、教育を受けたり見聞を広げる機会がなく、しかも彼女の人生そのものが試練の連続であったことから、いっそうその機会がなくなってしまったのである。

彼女のこのような生活状況がより明確に理解できるのが、作品に見られる直喩法である。彼女が慣れ親しんでいる事物に例えながら、彼女の視点で生活の一端を述べている。孫が咳き込んで苦しんでいる様子を「レニーの小さな箱のような胸から、何かが沸騰しているような音が聞こえ」ていて、それは「どうしても取り除くことが出来ない何か大きな塊がその胸の中でブクブクと泡だって」いるようだったと表現している。孫が苦しむ様子を、自分の経験から得たものに例えている。語彙が不足しているだけでなく、言葉も洗練されていないが、十六歳から奉公に出ている彼女の人生を如実に表している事がらである。

また医者も、彼女が理解できるように、夫の病気を説明している。彼女の夫は肺病である。医者は肺が機能していない状態を説明しているが、医学の専門用語などは決して使っていない。「今、ここを切ってみるとすればね、奥さん、御主人の肺は白い粉でぎっしり詰まっているのがわかるでしょう」。パン屋の女将さんにとっては、とてもよく理解できる説明なのである。

作品の最終部分で、彼女は悲しみに耐えられなくなって寒い通りに出て行く。「通りは寒くて、氷のような風が吹いていた。人々はとても早く行き交っていた。男性は鋏のように歩き、女性は猫のように歩いていた」と描写されていて、これも彼女の観点での描写である。氷のような冷たい風が吹いているために、男性は鋏のようにシャキシャキと足早に歩き、女性は猫のように足音も立てずにそそくさと去っていく。この様子は、彼女の視聴覚と恐怖感で捉えられたものであるが、それと共にこの象徴的表現から彼女は、世間は冷たくて、冷淡であると感じていることがわかる。

次に彼女が試練を強いられる人生についてみてみたい。十六歳で仕事に出された最初の職場では、ただひとつの楽しみである自由時間もなく、その上故郷から来た手紙は里心が出るからと、料理人に取り上げられてしまう。唯一心の拠り所としていた故郷や親とのつながり、そして社会との接触も全て強制的に絶たれてしまっている。周りに親しい人もなく、打ち解けて話し合える人もいない孤独な世界で彼女は過ごしていたのである。これはゴキブリの描写ではっきりと理解できる。

台所で見かけるゴキブリは彼女の象徴と考えられるが、それはロンドンに出て来るまで見た事がなかったと彼女はいう。さらにこのことは、「自分の足を見た事がなかったようなものだ」と話すが、それほど彼女の生活には余裕、時間の余裕、考える余裕、周りを見る余裕、さらには話す余裕などがなかったことになる。自分と仕事以外の物事に

生家のキッチン

は全く係わりを持たず、ただ生きる事だけで精一杯であった彼女の生活ぶりが理解できる。

彼女の生活状況はその後も変わらず、彼女が翻弄《ほんろう》されているようすがさらに詳しく示される。医者の家へと職場を変えたものの、朝から晩まで駆けずり回る忙しさで、その二年後にパン屋をしていた夫と結婚する。その後十三人の子供を儲けながら、七人も亡くしている。家業であるパン屋の仕事だけでも大変なのに、六人の子供の世話や七人の病人の看病もたった一人でしなければならず、家の中はまるで施療院のようであったと彼女は述懐している。

朝早くから夜遅くまで家の中を忙しく動き回って懸命に働いていたのに、その甲斐もなく七人の子供が亡くなってしまう。肉体的な苦痛だけでなく、多くの精神的な苦痛を経験している。子供を亡くす事は、親にとって耐えられない苦痛であるが、その大きな苦痛を一度ならず七度も経験しなければならなかった彼女の心痛は、言葉では言い尽くせない辛い経験であったはずである。

その彼女に追い討ちをかけるように夫が肺病になり、他界してしまう。残された六人の子供たちを彼女は懸命に育て上げ、やがて子供たちも学齢期に達した頃、夫の妹が手伝いに来てくれる。しかし楽になるどころか、来て二ヶ月も経たない内に義妹は背骨を折ってしまい、彼女はまたまた病人を抱える事になる。それだけではない。その後五年間も妹の赤ん坊の世話までする羽目になり、時間的にも経済的にも彼女の生活は一向に良くならず、ひたすら働き、ゴキブリのように家の中を動き回らざるを得なくなってしまう。

頼みとする成長した六人の子供たちはというと、誰一人として母親を安心させるような人生を歩もうとはせず、彼女の不安は募るばかりである。末娘はつまらない男と結婚したために、彼女はまたもや苦労を背負い込む事になる。孫のレニーが生まれた年に男が潰瘍で死んでしまったために、彼女は娘と、痩せて顔色が悪く見るからに貧弱な孫を引き取る。貧しいながらもあらゆる手を尽くして彼女はその孫を育てるが、その甲斐もなく子供は他界してしまう。

女の子と間違えられるくらい色白でひ弱なその孫を育てる為に、彼女は大変な苦労をしている。自分以外の家族のために奔走するだけではなく、ひ弱な孫の面倒までみなければならない羽目に陥りながらも、彼女は必死に生き抜いている。何かと手がかかり、悩みの種になりはするものの、孫の存在だけが自分の人生に光を投げかけ、和ませてくれるものとなる。その彼の存在が彼女に取っては宝物であることが、「鼻の片側にダイアモンドのような小さなそばかす」という孫の描写から理解できる。そして貧しいながらも孫とのささやかな温もりを感じる時、その一時を大切にし、唯一の楽しみにしていることがわかる。それは作者の用意周到な言葉の使い方に負うところが大きい。

言葉に関していうと、stove, so warm, so close, laughed out などのことばで温もりや穏やかさを伝え、/u/, /s/音は柔らかな雰囲気や彼女の心の安らぎ、孫との心の和みなどを伝えている。苦労の多い彼女の人生で、孫の存在もまたそのひとつではあるが、しかし一方で、孫の存在は「ダイアモンドのよう」に光り輝き、貴いものと考えている。孫を健康な体にしたいと必死になるが、そう願う気持ちが、また彼女の過酷な人生の大きな課題となって居座ってしまう。孫の体重が少しでも増えるようにと、藁をも掴む思いであれこれ試みるが、結果はいつも芳しくなく、彼の状態は快方に向わない。no, nothing, never などの全部否定の単語で、彼女の努力が何ら良い結果と繋がらず、徒労に終わり落胆しているようすが示されている。

何とか少しでも快方に向わせたいと願う彼女の気持ちを嘲笑うかのように、孫の容態はさらに悪化する。幼い孫が苦しそうに咳き込むと、かわいそうで居たたまれなくなる彼女であるが、成す術もない。そんななかで何よりも彼女が恐れる事は、孫の様子である。彼は怒ったような顔をして口をきかず、返事もしないで枕に寄りかかり、話し掛けても顔をそむけ、信じられないと言わんばかりに彼女を見つめる。そんな時が、彼女は一番恐ろしい瞬間だという。可愛がっている幼い孫が苦しんでいるようすを見る事は、彼女にとって、これまでに経験してきたどんな苦痛よりも、遥かに辛くて悲しいのである。

孫のために何もしてやれない無力さがpoorで示されているが、また同時に無力で何も出来ないからpoorを使っているようにも考えられる。さらにこの言葉は、一番大切にして可愛がっている孫にまで嫌われるかも知れない可哀想な彼女自身のことも意味しているようだと解釈できる。

彼女のこれまでの人生に楽しい事は殆どなかったが、孫の存在は彼女にとって人生の唯一の拠り所であり、宝物であった。しかしそのかけがえのない孫は彼女の苦労の甲斐《かい》なく他界してしまう。彼女は苦労には慣れていて、どんなに辛いことも乗り越えてきたが、可愛い孫の死には耐え切れず、悲しみの淵に沈んでしまう。

これまでの度重なる辛い出来事を乗り越えてきたが、唯一の宝物であるレニーまで取り上げられ、もう何も残っていないと彼女は思う。彼はようやく見つけた彼女の人生の小さな光であった。しかしその光も消え、これからはまた以前のような、いや以前よりもっと暗くて寂しい道を彼女は歩まなければならないのである。

これでもか、これでもかと過酷な試練が追い討ちをかけてくる彼女の人生。そんな暗闇のような彼女の人生の中で見つけたささやかな光りである孫の存在さえも取り上げられてしまい、彼女は「私がいったい何をしたと言うの？」と繰り返し問いかける。人生の拠り所をなくし、やり場のない悲しみが押し寄せて来ている。これは人の死が生きている者に影響を及ぼす、深くて強い悲壮感である。

家族のために奔走し必死で生きている彼女は、生活するだけで精一杯であった。他人と交流したり外の世界を見る機会が殆どなかった彼女であるが、たくさんの辛い出来事に遭遇《そうぐう》していて、それは全て彼女の生活の中でのみ発生している。しかし家族以外の人や物が、彼女を辛い思いにさせる事柄についても考えてみたい。

毎週火曜日になると、彼女は著述家宅へ掃除に出掛けるが、彼こそが外部から彼女に影響を与える唯一の人物である。家の中を掃除するだけでなく、彼と話す事が彼女の世界を広げる数少ない機会であるはずなのに、そのチャンスが生かされず、彼女は悲しい思いをする。孫の葬儀を済ませて火曜日にやって来た彼女に著述家は話し掛ける。

「みすぼらしい部屋着」を着て、片手には「くしゃくしゃにした新聞」を持っている彼の様子から上品さは感じられない。そして彼女に対して「こういう人たち」という思いを持っていることから、自分と彼女とは違う世界にいることを強く意識していることが示されている。彼女に話し掛ける時も、目下に話し掛けるようであったり、親切そうなのに気持ちが伴わないなど、人間味に欠ける部分がある。彼のこのような側面は、生活状態や生活信条を理解することによって、よりいっそうはっきりしてくる。

たとえば、彼は自宅を汚すだけ汚して、週に一度掃除のために老婆が来ればいいと思っている。そのために台所の不始末や不潔な状態を説明しようとすると、一冊の本になってしまうほどの散乱ぶりだという。だらしなく、清潔感などとは無縁な人物のようである。

作者はこの著述家の説明をする時に、彼の視点で主人公を指す言葉として hag を用いている。これは「特に意地悪な醜い老婆」を意味し、週に一度、掃除にやって来る老婆を普通の人とは違った嫌な面を持った人物とみなしている事がわかる。これはまた彼のパーカーへの気持ちであり、彼女に対して対等な気持ちなどは持ち合わせてはいないことも示している。しかし彼のそんな冷たい気持ちを知ってか知らずか、彼女は彼を怨むどころか、世話をしてくれる人がいなくて可愛そうだと同情さえしているのである。

その彼女は、孫を亡くして悲しみのどん底にありながらも、汚れ放題の彼の住居を次から次へと丁寧に片付けていく。たくさんの汚れ物やひどく汚いところも、その物や場所に相応しい仕上げをしながら手際よく片付けていく。そのような彼女を著述家は見下しているが、彼女は彼に同情し、誠心誠意尽くしている。そこには意地悪な老婆でも醜い老婆でもない彼女、深い悲しみに沈んでいてもなお人を思いやり、与えられた仕事をこなす誠意ある彼女の姿がある。

しかしそのような彼女に著述家は、茶匙一杯のココアが残っている缶を捨てたかどうかを尋ね、「おかしいなあ」と不思議そうに言う。そのことで、一見構わないようでも、女性のように気が付く自分を彼女に見せた事に満足している彼である。しかし茶匙一杯のココアをとやかく言うことが、女性のように気が付くことではなく、寛大な気持ちがないケチな人間のすることで、彼は大きな履き違えをしている。彼女が接触している唯一外部の人物は、このように了見が狭くて、他人を思いやることも出来ないのである。この彼の存在が、彼女の人生を

生家戸棚にある皿やバターケース

さらに悲しくする原因にもなっている。

次に、彼女の人生を辛くさせる外部の物については、彼女が著述家の住居から見た外の様子や、空に浮かぶ雲の様子である。悲しげな空には、端が擦り切れたり穴が開いていたり、シミが付いている雲があり、その雲こそが彼女の人生そのものを象徴している物であることはすでに述べた。特に「疲れきった年取った雲」は、孫に先立たれた彼女自身を強調していることも。そしてこの空の様子は、彼女が彼の家を後にする時にさらに変化する。

通りは寒くて氷のように冷たい風が吹き、道行く人々は足早に立ち去って行く。It was cold in the street. There was a wind like ice. People went flitting by, very fast; the men walked like scissors; the women trod like cats. この描写には単音節の単語と短い文が、足早に行き来する人たちの足音や速さを表している。また /b/, /v/, /d/, /z/ などの濁音と /ou/, /ɔ:/ が恐怖感を、/t/ が緊迫感を与え、寒さや冷たさが聴覚からも捉えられていて、強い現実感がある。またこの様子は、彼女の内面をも象徴していて、彼女の過酷な人生の一部分であると理解できる。

そしてこの冷たい風は、物語の最後で「彼女のエプロンを風船のように膨らませる」とあり、これは彼女の生き様を見事に表現した言葉である。冷たい風の強さと十六歳から女中として働き続けてきた主人公を、象徴ともいえるエプロンで強調している。今や彼女は全てを失ってしまい、心にはポッカリと大きな穴が開いていて、その虚しい主人公の気持ちを「風船」で表現している。やがて冷たい風はさらに強くなって、彼女のエプロンを大きく膨らませる。この風の強さや冷たさが、彼女の悲しみと、その高まりに比例している。そしてさらにこの風は雨を伴い、彼女を一層辛い気持ちにさせるのである。

雨は物語の最後に述べられているだけであるが、これは作品中の水と関係がある。著述家の住居を片付ける準備をしながら、彼女は楽しかった孫との語らいを思い出し、またふと現実に戻っている。そして水が勢いよく湯沸《ゆわかし》しに入る音は、苦痛を消してくれるような気がするので、彼女はバケツや食器を洗う容器にも水を一杯入れる。水が激しく出る音は苦痛を和らげ、辛い事も一緒に流してくれるようにも彼女は感じるからである。水は「浄化」や「精神的再生」、「新生」を意味していて、精神的なダメージが大きい主人公の苦痛が癒されることを、水の持っている意味で象徴している。そしてこの水のイメージが、物語の最後で降り出す雨と関連しているのである。

内面的な辛さだけではなく、冷たくて強い風に吹かれ、肉体的にも苦しい思いをしている主人公に、雨がさらに追い打ちを掛ける。まさに泣きっ面に蜂である。この雨は彼女をさらに辛い思いにさせるが、雨にも水のイメージと同じように「浄化」、「神の恩寵」という意味があり、彼女の苦痛が和らぎ始めることの暗示でもある。

作品冒頭での著述家との短い会話から彼女の孫の死を知らされ、主人公の現状や著述家の性格なども紹介される。続いて家の中を片付ける様子と彼女の意識の流れが交互に描写され、ほんの僅かな時間に主人公の長い人生が紹介されている。現在、過去、現在、過去という段落構成で、未来の描写は全くみられない。これは主人公が老年であることと、生きる事だけで精一杯であったために、彼女の人生には未来を考える余裕はなかったことを強調するためである。

次に作品にみられる会話について考えてみると、主人公が孫と話す時は、「おばあちゃんのスカートがどんなになったか見てごらん……ほんとにいけない子ね！」、「じゃあ、おばあちゃんに何をくれる？」など、叱ったり尋ねたりして会話を楽しんでいる様子が、！や？などの記号からもわかる。

しかし著述家と話す彼女は、「何でございますか、旦那様？」、「そうでございます」、「いいえ、旦那様」など、ほとんど間投詞だけの会話である。これは孫の死という現実の悲しい出来事から時間が経っていないという理由だけではなく、著述家と話す時は、ただ失礼のないように最低限の会話をしているためと考えられる。

彼女の楽しみは、孫との会話であった。その孫が咳で苦しんでいる時にはどうしてやることも出来ず、「おばあちゃんのせいじゃないんだよ」と話し掛けるが、彼は顔を背けてしまう。彼女が一番恐れているのは、可愛がっている孫が何も言ってくれないことで、「なんとかして」、「どうにかして」孫と話をしたいと思う。そしてどんな時でも自分を頼って欲しいというのが彼女の偽らざる気持ちなのに、現実は裏目に出ることもある。そんな時が、彼女は一番悲しくて耐えられないという。彼女にとって孫との会話こそが人生最大の楽しみで、これについては作者が作品の始めに述べている。

作品の冒頭は、内容も使われている語句も陰鬱であることは先に述べた。そしてそれに続く段落は、主人公の苦痛やそれに伴うゆっくりした動作について重々しく語られている。しかしその後に続く彼女の意識の流れの中に表れる孫との思い出の場面で、描写は一転する。

'Gran! Gran!' Her little grandson stood on her lap in his button boots. He'd just come in from playing in the street. この描写では、単音節の単語を多用しながら孫の動きや爽やかさを表し、彼の生き生きした元気な印象を強調している。

読者は陰気な冒頭から此処まで読み進めて、初めて祖母と孫のあどけない会話に遭遇し、ほっとする。読者に印象付けようと作者が意図したのは此処である。そしてこの部分とそれに続く会話のほのぼのとした雰囲気こそが、主人公の愛した最高の瞬間なのである。さらにこの作品のタイトルである Ma を考えてみると、それが一層明らかになってくる。なぜなら、Ma は幼児語で「おかあちゃん」を意味しているからである。つまりこの作品では、孫のレニーは彼女を母親のように慕っていて、それが彼女の人生の生き甲斐になっている事をも意味するからである。

この作品は冒頭で、孫の死や彼女の苦悩を知らされる。そして彼女は「本当に辛い人生だった」と思い、彼女を知る人たちも「辛い人生を送ってきた人よ、パーカーさんは」と話す。そして「辛い人生」という言葉が使われた後に、彼女の過去が述べられる。

此処で気付くのは、never が頻繁に使われ、not, nothing、そして nobody などの言葉も彼女の意識の流れを使った回想部分で使われていることである。作品の終盤で彼女の悲しみは頂点に達するが、その悲しみを持って行く場所がない。そんな彼女の立場を描写している場面でも、「辛い人生」が繰り返し用いられ、その後は否定文を続けて、彼女の悲しい気持ちを思いっきり吐き出せる場所は何処にもないことが強調される。否定文の連続使用で行き場のない彼女の絶望的な気持ちを示しながら、「辛い人生」との関連性を作者は示している。

彼女は一人で好きなだけいられて、誰の邪魔にもならず、誰からも邪魔されない場所で思いっきり泣きたいと思うが、彼女が求めるそのような場所は何処にもない。結局彼女は、行くところがないのである。anywhere や where が繰り返し使われ、最後は nowhere で終わっているのは、主人公があれこれと行き場所を探し求めるが、何処にもそのような場所がないことを示しているのである。彼女は全ての物から見放され、孤立無縁の状態なのである。

このことは、作品のなかで地下室 basement-back や穴蔵 cellar などのことばを使いながら、彼女はいつもこのような場所にいるようなものだと描写されている事からも理解できる。さらにこれらの言葉から、暗くて外界から遮断された孤独な状態が連想でき、また穴蔵が「意識下に潜む恐怖」を意味することを考えあわせると、どこにも行き場のない彼女の恐怖がとても大きい事がわかる。そして主人公の名前 Parker は、park「一箇所にまとめておく」、「落ち着く」の意味で、その事からも彼女の行き場はないことが暗示されていて、行き場のない、悲しみのはけ口もない彼女の境遇がはっきりと理解できる。

この作品の主人公は貧しくて充分な教育もなく、その上誰よりも悲しくて辛い経験が多い女性である。このような生活環境の中で彼女の人生の唯一の拠り所は孫であったが、その可愛い孫にまでも先立たれてしまう。このように彼女の人生は全て負の要素、マイナスばかりで成り立っている。作品に否定文が多いのも、そのためである。作者はこのような主人公と、自分勝手で無神経な著述家やきびしい自然現象を対峙させながら、容赦なく彼女に苦痛を与えていく。そして彼女を益々深い悲しみの淵に追いやっている。

彼女は過酷な人生、残酷な運命と向かい合いながらも、ぎりぎりの崖っぷちで必死で生きてきたし、これからもそうするであろう。しかしそのような辛い彼女の人生にも、“Ma”と言って慕ってくれる孫という大きな生き甲斐、宝物があったのである。「辛い人生」であったが、唯一辛くない時期、楽しかった時期が孫と過ごした時期であったのだ。タイトルは彼女のこのことを端的に伝えているのである。

蝿

マンスフィールドは1922年二月二十日に「蝿」を完成させ、三月十八日にネイション誌に発表している。この作品は彼女の内面が充実していた時期に書かれたもので、そのために内容も深い意味合いを持たせていて、作品を多角的に味わう可能性を織り成している。特に病を抱えている彼女にとって、死への課題は切り離せないものとなっている筈である。作者は身に迫る死をどのように捉えているのか、そしてそれがこの作品にどのように表現されているのかを探ってみたい。

物語は二人の登場人物の話がほぼ終わり、そろそろ帰宅する頃となっているウッディーフィールドの「ここは、とても気持ちがいいね」ということばで始まる。物語の始まりが彼らの話がほぼ終わった時で、ウッディーフィールドの帰宅の時間である。しかし彼はまだまだ帰りたくはなく、この挿話は次の「最後の一葉」の伏線となる。

帰る時刻になっているのに帰りたく思わないウッディーフィールドは、退職しているが卒中を経験しているために、週に一度だけ家族から外出を許されている。その唯一楽しみにしている日がまさにこの日のこの時なので、帰る時間ではあるが、まだまだ帰りたくないのである。彼のこの様子は、まさに「人間という者は、一本の木が最後の一枚の葉に執着するように、最後まで楽しみにかじりつく」ものだという言葉に表されている。従って、物語の始まりが登場人物の話の終わりと言う設定で、しかも最初から、「終わり」⇨「死」を暗示しながら物語が始まる。そして帰る時間なのに帰りたくない彼の心境を通して、生への強い執着を冒頭から述べている。

生家の客間

ウッディーフィールドは「乳母車から身を乗り出す赤ん坊のよう」に、そして甲高い声で話す様子から、週に一度の外出は彼にとって最高の楽しみで、見聞きすること全てに興味を示している。彼は初めて外の景色を見る赤ん坊のように色々なことに興味を持ち、残された生の時間を楽しんでいるのである。

しかし出かける時に覚えていたはずの事が、いくら思い出そうとしても思い出せない。手が震え、頬に赤い斑点も現れている。マフラーをつけたその弱々しい彼の様子は、人生の晩年を一層はっきりと表現されている。彼の名ウッディーフィールド Woodifield は、wood, field の意味があり、素朴な、そして田園風で気取りのない特質が感じられる。そして彼の弱々しい体を横たえている緑の椅子は、彼の特質をさらに強調しているようである。

その彼が訪ねている社長というのは、彼より五歳も年上で矍鑠《かくしゃく》としていて、まだ現役で活躍し、仕事の実権を握っている。その彼の部屋は最近改装したばかりで、豪華で近代的な設備が整えられている。その素晴しい部屋について、社長は彼に説明する。豪華な調度品に囲まれた都会派の社長は、自分より年下で、しかも病弱の彼を見ながら深い満足感を抱いている。彼のこの様子は、ウッディーフィールドの素朴な田園的特徴と全く対照的である。この二人は、それぞれの家族との関係も対照的である。

ウッディーフィールドの家族は、彼が卒中を患ってからは、週に一度、火曜日だけ外出を許可していることはすでに述べた。その日になると彼は、服を着せてもらい、ブラシを掛けてもらって送り出される。また彼の病気を思って、家族の者はウイスキーを飲むことを禁じて彼の健康を管理している。彼の家族は常に彼を見守っていて、暖かさが感じられる。また彼の娘たちは、戦死した自分たちの兄弟の墓参りのためにベルギーまで行っている。そしてその旅の話を父親のウッディーフィールドに事細かにしていて、ここでも彼の家庭の温かさを感じることができる。

社長はというと、彼も同じく一人息子が戦死している。しかし亡くなって六年以上も経つが、ウッディーフィールドの家族のように墓参りをしたことがないという。それは社長が息子に対して好感を持っていなかったからという訳では決してない。彼は彼なりのやり方で、息子への愛情を示していたのである。彼は息子のために事業に専念し、彼に後を継がせようと、後継者教育までしていた。彼の息子への愛情とは、世の実業家のそれと同じく、物質主義的な特質を備えているのである。

彼のこの物質主義的特質とは、金銭に厳しい感覚を持っているウッディーフィールドの娘たちの感覚とは少し意味合いが異なる。彼女たちは旅行中に、ホテル側から要求された食事代が異常に高くて納得できず、その為に彼女たちが使ったジャムの小ビンを持ち帰るという、庶民のささやかな抵抗を示している。

しかし社長の場合は、改装した部屋のようすや、社長Bossという名前からも判断できるように、実業家である。従って彼の経済的な価値観は、一般庶民のそれとは大きくかけ離れている。豪華に改装された部屋のみならず、ウッディーフィールドに飲ませるウイスキーにおいては冗談半分であるが、「ウインザー城の地下貯蔵庫にあったんだよ」と言っている。その彼の言葉などから、彼はたいへんな物質主義的な感覚を持っている事がわかる。彼のこの発想や優越感は、五歳年上でまだ現役であるという体力的な面での優越感とも相俟って、頂点に達する。その為に社長は、体力的に劣っているウッディーフィールドが哀れに思え、本来なら病気のために与えてはならないウイスキーを与えてしまうのである。

そして皮肉にもそれを飲んだ為に血液の循環がよくなり、ウッディーフィールドは忘れていたことを思い出し、それを社長に話すこととなる。それは彼の戦死した一人息子の墓のことで、それを聞いた社長は、ウッディーフィールドが帰宅した後、誰にも会わないと部下に告げて部屋に閉じこもる。

社長のこの様子は、ウッディーフィールド家では家族で戦死者レジーを悼んでいるのと対照的で、家族の暖かさのようなものが感じられない。また同時に経営者の長（トップ）であるが故の孤独もあって、地位や名誉、財産はあるが、すでに老年期にある人物の侘しさや寂しさも漂っている。彼は物質的満足度は大きいが、精神的満足度は乏しい人物として示されているのである。

社長はひとりになって息子のことを思い出し、泣こうとする。けれどもどうしても泣くことが出来ない。それで彼は立ち上がって、あまり気に入った写真ではないが、息子の写真を見て泣こうとする。しかし息子の死から六年以上が経ち、彼を思い悲しむ気持ちも少し落ち着いてきているために、彼の思いとは裏腹に泣くことができず、戸惑ってしまう。

彼の感情は時間の経過と共に落ち着きを取り戻し、その為に以前と同じような気持ちにはなれないのである。当時の感情を思い起こそうとして見るその写真は、悲しみが薄れてきている社長にとって、その当時の気持ちにさせてくれる機械的な反復の手段になっている。そうすることは彼自らの感情ではなく作り物であり、そのことは本来の息子の表情ではなく不自然だと社長が思うその写真の意味合いとも一致する。

六年以上も経っている今では、自分の悲哀を機械的に甦らせるしかなく、しかしそうしても、実際には全く効果がない。社長は人間の感情さえも、機械的に制御出来ると思っているのである。社長のこの行動も、ウッディーフィールド家とは対照的である。彼らは戦死した家族を悼み、遠く離れたベルギーまで家族で墓参りをしている。社長は精神的満足度より、物質的満足度に重きを置いていて、それは社長Bossという名前にも象徴されている。

泣こうと思っても泣けず、困惑している社長の目に飛び込んだのが、インク壷の中でもがいている蝿で、彼はそれを吸い取り紙の上に取り出す。彼のその行為は、一瞬彼の優しい人間的側面を見ることになるが、飛び立とうとする蝿に一滴、そして再び飛び立とうとする直前にまた一滴とインクを落とす社長の様子から、彼のその側面は消え去ってしまう。そして終に、彼の三度目の一滴で、蝿は全く動かなくなってしまう。

彼のこの行為は、人間的な暖かさを持ち得ない特質が如実に表れている。そしてこの繰り返される蝿に対する彼の行動そして蝿の様子は、有事に立ち向かう人間の姿であり、社長の人生と重複する部分である。

一人息子のためにひたすら働き、事業を拡大し、そして息子も父親の後を継ぐために仕事を覚え始め、社員たちからも好感を得始めたその矢先に戦死してしまう。この事実は、今まさに飛び立とうとする時にインクを落とされた蝿と符号する。

またこのインクの一滴は、ウッディーフィールドの帰り際に、社長が与えたウイスキーの一滴とも関連している。ただしこの場合の一滴は、彼の喜びであったし、彼の脳にも大きな影響を与え、忘れていたことを思い出させていて、ある意味で良い結果を生んでいる一滴であり、それは蝿に与えた最後の一滴と正反対の結果である。

社長は蝿やウッディーフィールドに対して直接一滴を与え、それによって状態が変化し、影響を及ぼしている。このことから、この一滴は、力や権力の隠喩であると考えられる。それは社長が事業を大きくし、息子に後を継がせるために教育し始めたことや、メイシーに何かと用事を言い付けたりする彼の様子と符合するからである。

この作品には、シェイクスピアの「リア王」の一節、「腕白坊主が気紛れに蝿を殺すように、神も我々人間を慰みのために殺される」が引用できる。これは特に物語後半の、社長が蝿にインクを落とし、最後には殺してしまう場面と関連する。

「リア王」の一節にある腕白坊主のように、社長は蝿を殺してしまう。彼は蝿を自分の思い通りにしてしまうが、蝿だけでなく、息子やウッディーフィールド、そしてメイシーに至るまで、彼の意思通りに行動させている。このことを考えると、社長はまさに自分の思い通りに行動する腕白坊主そのものなのである。

しかし息子に自分の後を継がせる準備が着々と進み、まさに会社の実権を譲ろうとする時に息子への召集、そして彼の戦死の報が来る。この時の社長は、飛び立とうとするその瞬間に一滴のインクを落とされた蝿であり、神の気紛れで殺される我々人間の立場となる。蝿との戯れでは、社長は神の立場であり、大切な一人息子を亡くした父親としての社長は、神の気紛れで殺される立場の人間となり、その立場が逆転する。

そしてすでに述べたように、「一滴」が権力の意味をもつことを考えると、その権力を行使して人生を歩んでいる社長であっても、神の意思で生死を左右される弱い人間に他ならないのである。社長に命を奪われた蝿のように、我々全ての人間は、戦死した息子のようにある日突然、死に直面することもある。ここに運命の残酷さがあり、それを作者は我々読者に伝えているのである。

社長の場合、息子の死を知った時、死の悲しみは何年経っても変わらないと断言する。死の悲しみに打ち勝って生きていく人もいるが、自分は大切な一人息子を亡くしたのだから、そのようなことはあり得ないと言っていた。しかし六年以上経った現在では、息子のことを悲しもうと思っても涙が出ず、自分の感情に何ら変化がないことに気付く。彼の悲しみは、時の経過によって薄れてしまったのである。

他人はどうであれ、自分は決してそうではないことを強調していた社長であったが、実は他人と何ら変わることがなかったのである。自分だけは違うのだという社長の傲《おご》りも、時に対峙する場合は、人間誰

アメリカ大使館敷地内にある記念銘板（Plaque）
ウエリントン

しも同じなのである。
蝿が全身に付いたインクを何度も根気強く拭い去る姿は、我々人間が神から課された試練を何とか克服しようと努力している姿である。そしてその試練を何度も繰り返しながら、我々は身分、貧富、年齢、そして性別などが違っていようと、誰もが同様に死に至ることを暗示しているのである。
この物語の主人公は社長で、その他の登場人物としてウッディーフィールドや彼の娘ガートルード、戦死した息子レジー、そして社長の部下メイシーなどがいる。一般に物語では、主人公に固有名詞があって、その他の登場人物にはそれがない場合が多い。しかしこの作品は逆で、肝心の主人公は「社長」とされ、具体的な固有名詞は使われていない。社長というトップに立つ身分であり、自分の意思で何事も自由に左右出来る立場にある彼であっても、死については神の意思には逆らえない。この社長の立場は、我々人間全てに当てはまる。従って、固有名詞で固定され、限定されることを避けるために、敢えて漠然とした名詞を用いているのである。
社長はウッディーフィールドを見て、先が長くないと気の毒に思う。しかしその彼が「全くその通りだよ、全くそうだよ」と言いながら友人を見送るが、何が全くその通りなのか自分でも判らない。また同様に、吸取紙の替えを持って来るようにメイシーに言い付けた後も、それまで自分は何を考えていたのかを思い出そうとするが、それもどうしても思い出すことが出来ない。
社長もまたウッディーフィールドと同じく、少し前の言動でも忘れてしまう年代になっているのである。彼より年下であるのに既に引退し、物忘れが多いウッディーフィールドを哀れに思う社長であるが、第一線で活躍しているとはいえ、彼もウッディーフィールドと何ら変わらず同じ老境にある。これはそれに気付いていない社長への皮肉であり、さらにそのような老年期にありながらも自分の部屋を見事に、近代的に改装し悦に入っている彼への嘲笑でもある。

冒頭では彼ら二人は全く違った状況にあると描写されている。そして社長に至っては、権威主義を振り回す頑強な人物のように描写されているが、最後ではウッディーフィールドと何ら相違点がなく、同じ老境にあることが示される。彼ら二人は、この地球から天国に向ってまさに飛び立とう（fly）としているのである。

作品では、蠅の死、息子の死、そして死が遠くないウッディーフィールドや社長を通しての死が描かれている。蠅や息子の死については予期しないもので、無念の気持ちが伝わってくる。しかしウッディーフィールドは死に着実に近づきながらも、何とか人生を楽しもうという気持ちを強く持っているし、また彼の家族も、そうすることを強く支持している。しかし社長は、蠅に一滴、また一滴とインクを落としたように、神からの試練、息子の死などに耐えながら、最後の一滴である死を待つのである。

死は我々人間にとって避けられないものである。その避けられない死にどう対処するかは、人それぞれである。この登場人物のように、死に対峙していてもすぐに死が訪れるわけではなく、また反対に全く考えてもいなかったのに、死が突如として訪れる場合もある。自らの病が進行していることを認識していた作者の死に対する錯綜は、ある時はウッディーフィールドに、またあるときは社長に、そしてもがき苦しみながら死に至った蠅の中に垣間見られる。そして体を踏ん張りながら落とされたインクの滴を拭う蠅のように、我々人間は苦しみや悲しみを拭い去りながら、そして「時」に癒されながら、最後の一滴である死を待つのだと作者は結論付けている。

カナリア

この作品はマンスフィールドの芸術的才能が絶頂期に書かれた作品で、完成作としては最後のものである。この作品について、彼女は父のハロルド・ビーチャムへの手紙の中で「この作品を書いている時は、自分がカナリアになりきっていた」ことを告白している。このことから気乗りがして、彼女が一心不乱に書き上げた作品であることがわかる。体調は決して良い状態ではないが、ヨーロッパの真夏であっても、「暑くもなく寒くもない、ちょうどいい季節」であったことも、功を奏したと考えられる。療養生活を余儀なくされる作者の私生活、しかも体調と常に相談しながらの日常生活の中で、昼夜関係なく書いたこの作品を通して、作者が訴えたかったことを探ってみたい。

まずこの作品にはテーマが三つあるように思える。冒頭から順に、死、孤独、そして美が交互に表れていて、この三要素が各々の要素を強調し合っている。そして其々の要素を、作者独特の技巧で示されているので、それについても言及してみたい。

作品は、可愛いがっていたカナリアを亡くした主人公の独白で始まる。小鳥を亡くした人が悲しんでいる、世間でよくある話だという思いで読み進めていくが、その悲しみはかなり深いものであることに気付く。

まず死んだカナリアを、主人公はどれだけ可愛がっていたかを知らされる。そして人間は何かを、その対象が何であれ、愛さなければならないことも知らされる。この主人公の場合は、その対象が人間ではなくカナリアであることに、まず驚いてしまう。そして何かを愛さずにはいられない切迫した主人公の内面と、その対象が人間ではないことに、彼女の孤独が強く浮き彫りにされる。

さらに主人公は、自分には家や庭があるが愛する対象ではなく、植物も自分に反応を示してくれていたけれど、心がひとつになるとまではいかなかったと告白する。それで次に宵の明星を愛し始めるが、一方的な自分の「憧れ」にしかなく、報われることがないと悟ると、悲しみに変わっていったことを打ち明ける。

彼女が失望した全ての対象物とは意思伝達が不可能で、彼女の言動に対して瞬時に反応を示すことはできず、そのために主人公は虚しさを感じていたのである。そのような彼女は鳥や花など自然だけを相手にせざるを得ないような環境にあって、人間関係は皆無だったのかというと、そうではない。

月曜日毎にやってくる洗濯婦や、朝食や夕食のためにやってくる三人の若者がいる。しかし彼らは彼女と話すことに、全く興味を示さなかった。週に一度しかやって来ない洗濯婦はともかくとして、朝夕の

生家客間の暖炉の上にある小鳥の剥製《はくせい》

食事にやってくる若者たちとは、話そうと思えばその機会はたくさんあるだろうに、信頼関係は育めなかったようである。

それどころか彼らから、自分のことを「案山子《かかし》」と言われていることを耳にする。しかし「一向に構わない」とは思うものの、このことで彼女は人間関係にかなりの幻滅を感じてしまう。しかしこの描写には、もっと深い意味が含まれている。

まず案山子ということばから、みすぼらしさ、孤独などを連想するが、「老年」、「無力」などの意味がある。また三人の若者の三という数字は「裏切り」、そして女性が「物質」を意味するのに対して男性は「精神」を意味するという。このことから、三人の若者が彼女のことを「案山子と悪口を言った」という描写には、「年老いて無力な主人公に対する精神的な裏切り」という意味が含まれているのである。老年期にある主人公の侘しい生活と、それに追い打ちをかけるような若者たちの言動や他人への配慮のなさが象徴的に示されている。

主人公は人間関係の最後のつながりである三人の若者からも疎外され、最早人間に安らぎや、それに類するものを求めようとは思わなくなる。そして彼女は自分の心の拠り所を、人以外の物や自然に求めるようになる。心を開いて話せる人を持たない主人公の愛の対象は家や庭から花、そして宵の明星へと推移している。しかもそれは随分以前からそうであったようで、作者は used to を使ってそれを述べている。主人公は長い間、人間関係を育む環境に恵まれない寂しい人生を過ごしていたのである。

洗濯婦から、「犬や猫ならともかく、なぜ心ない冷たい動物とされている小鳥などを飼うの？」と問われるが、意に介さずカナリアを飼う。そしてしかもそのカナリアを「申し分のない伴侶」 perfect company とまで言って 可愛がる。寂しい生活をしている人ほど、よりいっそう弱いものや小さいものを愛しく思う気持ちが強いのである。

カナリアを中国人の小鳥売りから買い求める時に、「ヒワのように羽をバタバタさせる代わりに、鳥かごの中でかすかに囀《さえず》った」このカナリアを見て、彼女は買うことを決めたと言っている。ヒワは村落周辺や疎林に群れをなして住むのに対して、カナリアは全くの愛玩用である。常に仲間と共に生活するヒワではなく、篭に入れられた、仲間を持たないカナリアを彼女は選んでいる。これは、療養の為に夫と離れて、フランスやスイスに転地せざるを得ない作者の孤独な生活とオーバーラップする。作者は一羽のカナリアであり、また同時に大切な相棒を失って独りぼっちになった主人公でもあるのだ。

日常生活で、すべての物や人との関わりを持たない老いた主人公の前に現われたのが、このカナリアである。しかしその唯一の相手、「申し分のない相棒」も死んでしまい、彼女は再び孤独の世界に突き落とされる。カナリアとは楽しく日々を過ごせたが、その楽しい思い出があるだけに一層辛い思いが募るのである。その辛さが冒頭から前面に表われている。

そのために主人公が悲しみをぐっと堪えて、そして自分の考えを徐々にまとめながら思い出を語り始める。冒頭が省略記号エリプシス…, で始まるのはそのためである。そして物語は、「玄関の右側の大きな釘をご覧になりましたか？」という問い掛けが続く。その問い掛けは読者に向けられ、話せる相手もいない孤独な老女が、悲しみを弱々しく話し始める。この設定そのものも、また一段と悲しみを深めるのである。

そして「わたしは今でもそれを見る気にはなれないのです。かと言ってそれを抜き取るなんてとても出来ないのです」と語り始め、可愛がっていたカナリアの死を述べながら、限りある生命について語る。「玄関の扉の右側に打ち込まれた大きな釘」と言う表現には、カナリアを失った彼女の喪失感と苦痛を象徴的に表現している。さらに「打ち込まれた大きな釘」とは、彼女自身の内面に深く入り込んだ本質的な悲しみ、カナリアへの決して拭い去ることができない彼女の思いがあると解釈でき、単に物事の表層をいっているのでは決してないのである。

彼女はカナリアとの思い出を語りながら、死んでしまったカナリアの様子、目はうつろで、爪を曲げてぐっと締め、あおむけになっていたことも語る。これは主人公が愛する物の死に直面し、衝撃をうけながらもそれを正確に観察し、受け入れている様子である。

また「爪を曲げてぐっと締め」というこの表現は主人公の死の認識だけでなく、冒頭にある「打ち込まれた大きな釘」と重複する。主人公の内面には、とても大きくて深い傷が刻まれているのである。そのために彼女は、玄関の横に打ち込まれた大きな釘はとても「見る気にはなれない」のである。

主人公はカナリアとの楽しかった日々やその思い出を語っているが、作品そのものの印象は決して明るいものではない。これはカナリアの死や彼女の孤独などが話題となっていて、それを描写するのに過去形と現在形だけが使用されているからである。そしてさらにカナリアの死と主人公の老境を考える時、このふたつは互いに包含していることがわかってくる。老境にある主人公の未来はただ死のみで、彼女には未来などないのである。このような時制の使い方も、作品全体にみなぎる陰欝な雰囲気の原因である。

「鳥かごの中ががらんどうのように、自分の心もがらんどうだ」と主人公は告白し、もう二度と飼いたくはないと断言する。それは愛する物の死を直視しなければならない辛さや悲しみを、二度と味わいたくないという思いがひとつ。そしてもうひとつは、愛する物の死に自分の死が重複してしまい、遣る瀬無い思いがするためである。死の認識は、人を虚無の状態にしてしまうこともあるのだ。

この描写にはさらにもうひとつの解釈ができる。それは作者が1915年十二月十二日に夫マリーに宛てた手紙のなかで “so caged that I know I’ll sing” ということばが見られるからである。「篭に入れられているから歌うのだ」というこの表現から判断すると、「空っぽの篭の中」とは、美しい歌声の主がいない、即ち美が喪失した状態である。そしてそのような篭を見ると「自分の心も空虚になる」というのは、美なるものが、自分の日常生活で全くなくなり、そのことがとても耐えられないと暗に伝えているのである。

玄関の大きな釘には、カナリアが入れられた篭を掛けていたことや、その鳥の鳴き声は誰もが聞き惚れるくらい素晴らしいものであったことなどが語られている。カナリアの美しい声の囀《さえず》りは、決して自分の思い過ごしではなく、道行く見ず知らずの人でも立ち止まったり、垣根に寄り掛かって長い間耳を傾けていたものだと、主人公は言う。used to, listen, for quite a long time などで人々の様子を表現し、カナリアの囀りの美しさを強調している。そしてそれは聞き惚れ、我を忘れてしまうような、美しい鳴声であると彼女は言っている。

主人公とカナリアの日常は、鳥かごの覆いをとることから始まるという。朝食の後片付けが終わると、玄関の横に掛けてあった篭を家の中に入れ、水を替えてやったり餌を入れてやったりなど、こまごました世話をしながら、それに反応するカナリアの様子を詳細に述べ、止まり木には染みひとつ付けないことや、水を入れてやると、片方ずつの羽、そして頭、最後に胸の順に水浴びをし、終わると体を嘴《くちばし》でつついて乾かし、常に美しく清潔にしていること等を語っている。

これはカナリアとの楽しいひとときで、主人公にとって唯一意志疎通ができる相手と憩う時でもある。彼女と申し分ない相棒との交わりを、単音節の単語を繰り返し使いながら、主人公の生き生きした心境とカナリアの生き生きした動きを見事に表現している。しかし最後のダッシュ以下の文、I can hardly bear to recall it で長母音をもつ単語を繰り返し用いて、主人公の悲しみを表し、再び彼女の悲しい独白に引き戻している。

カナリアは日本語で金糸雀とも言われ、黄色で姿と鳴声が美しい小鳥とされている。この作品ではカナリアは清潔好きだといっているが、これは歌声だけでなく外見も美しいカナリアが、美しい状態を保ち続けていることを意味している。カナリアの囀りだけでなく、美しい姿をも印象付けているのである。

この美しいカナリアは中国人から買い求めたと彼女は言っている。当時のヨーロッパの人々にとって、中国を含めて東洋は神秘的な地域と見做《みな》され、憧憬の的であった。その地の人から買ったというこのカナリアは、より一層の神秘性を湛《たた》え希少性もある。囀りや姿の美しさに、さらに神秘性を備えて希少価値を高めているのである。

ある激しく雨が降っている冬の夜、彼女はとても恐ろしい夢を見たと語り始める。話す相手もなく、恐ろしさから守ってくれる人もいないので、顔を覆ってじっとしていたら、カナリアが声を掛けてくれたという。そして「僕は、ここにいるよ。僕は、ここにいるよ」と話し掛けてくれ、その優しい心根に泣きたくらい嬉しかったと彼女は語る。

ケア Kea　キウイと同じ飛べない鳥
南島、アーサーズ峠付近

姿や形、美しい鳴声、そしてさらに人間との意志疎通までできるカナリアに、素晴らしい特性を見いだしているのである。このカナリアこそが、美そのものなのである。

それ故に小鳥の死は美の喪失でもあり、美のない人生などは考えられないのである。表面に見られる主人公の遣る瀬無い気持ち、孤独感だけではなく、美が存在しない人生の虚無感をも示している。

取り残された彼女は、さらにこのように告白する。「病気になったり、思い出して悲しみに暮れたりしないでいても、人生には悲しいものがあるということを告白しなければなりません」と。そしてそれは、病気や貧しさ、あるいは死など誰もが知っている悲しみではなく、「それは人の呼吸のように人についたもので、深い深いところにあり」、「一生懸命働き、疲れ切って仕事を止めると、それがすぐ待ち構えている」という悲しみであると続けている。ここで彼女の悲しみは、孤独、孤独感ということばで言い換えられると思ったが、「それは人の呼吸のように人についたもので、深い深いところにあり」という彼女の告白を考えると、当てはまらない。

さらに物語の最後で、「おかしなことに、あの可愛い、楽しい歌声のなかに、この——悲しさでしょうか?——が聞こえたのです。私が聞いたそれは、いったい何なのでしょう?」と言っている。ここでは全く孤独や孤独感は当てはまらない。「可愛い、楽 しい歌声のなか」に聞こえた悲しさとは、カナリアの特性である美で、作者は先ず人生における美の重要性、必要性を示し、次にその美はとても定義できないといっているのである。

可愛がっていたカナリアは死んでしまったが、「もう他の小鳥は飼いません。どんな種類のペットも飼いません」と主人公は断言している。素晴らしいカナリアだったから、そのようなカナリアの代わりなどはないという考えである。そしてそれは即ち、芸術は唯一無二であるという作者の主張でもある。

カナリアの死は、美そのものの喪失であり、それを欠いた人生ほど不完全で悲しくて侘しいものはない、という作者の心からの叫びである。それは、彼女が従兄のドロシーブレットへの手紙に、「人は美から逃れられないのです」と書き送っていることからもわかる。数学の公式のように、理路整然と定義出来るものではないけれど、人間にとって美こそ人生の良き伴侶なのだと作者は主張している。

この作品は、通りを隔てた家で飼われているカナリアにヒントを得て書いたとマンスフィールドは告白している。そしてまたこのカナリアについては、外見も然る事ながら、歌声の美しさに心を奪われたとも言っている。しかしその様子を単に描写しているのではなく、このか弱く美しいカナリアの死を通して、それと人との重要な関係を強調しているのである。そして対象となる人物として孤独な、しかも老境にある人を設定することで、一層強い絆を生み出している。そうすることで、美が我々人間にとってどれだけ必要不可欠であるかを作者はこの作品で訴えているのである。

「前奏曲」における植物の意味

マンスフィールドの作品と花は切り離すことができない。それくらい彼女の作品には花が登場する。初期の作品集「ドイツの宿にて」*In a German Pension* は作者自身も「ひどい作品集」と言っていて暗い印象を与えているが、そこに収められている作品でさえ色んな種類の花の描写がある。

「前奏曲」も例外でなく、作品中に約三十種類の花の描写がある。そして花と接触を持ったり花のイメージを持つ人物は全て女性である事に気付く。これはマンスフィールドがシェイクスピアを好んで読み、彼は大抵の場合、花についての台詞は女性にしゃべらせているという事実に基づくのかもしれない。「前奏曲」の解釈を、花を中心に考えながら、人物や作品全体との係わりなどをみてみたい。

引越しの翌朝、食後の後片付けをしているフェアフィールド夫人は、庭を眺めながら、菜園と大黄の畑があり、たくさんのブドウの葉も茂っていることに気付く。その菜園は家族の食卓に欠かせない野菜の供給源として、また大黄も家族の健康を保つために必要な植物として用意されているように彼女には思われる。ここに述べられている植物、特に大黄は、根が下剤やチンキ剤、丸薬に使われ、茎や葉はジャムや漬物、パイなどに利用される。台所の窓から見える菜園や大黄は、いずれも台所と密接に関係するものである。

また大黄には「貪欲」という意味もある。これは、フェアフィールド夫人の次女ベリルが子供の頃、タスマニアにあった家の裏のベランダで、まだ熟していないブドウの実を食べたという挿話に関連する。

そしてさらに、街から遠くへ引っ越してきた現在、ベリルは素敵な男性とめぐり合う機会がすくなくなったと嘆きながらも、尚その機会を待ち望んでいる彼女の内面とも関連付けられる。

またブドウの葉は、旧約聖書の中では、「平和と多産」を意味し、それとフェアフィールド夫人の「ワインは好きだけれど、この場所ではブドウは熟さないわ」と言っていることを考えると、ブドウが熟さないように、ベリルもこの家では満足した生活ができない事を暗示しているようである。

そのベリルは、白いサージのスカート、白い絹のブラウスを着ていて、白を強調している。またあるときの彼女の服装は、白地のモスリンに黒の水玉模様のワンピースで、髪には黒い絹のバラを止めている。白と黒の組み合わせは、彼女の服のリフォームにも表れる。白いサテンの服の袖を取り、幅広の黒のビロードを肩に掛かるように付けている。白を基調とした明るい感じの服ではあるが、黒い襟が暗い影を落としている。黒と白の組み合わせは、「真冬」、「死」を意味し、街から遠く離れた場所への引越しで、男性とめぐり合う機会がなくなり、結婚もままならず、夢がなくなったと思うベリルの心境に通じるものがある。

また彼女は、姉リンダの帽子から大きなケシをとって、自分の服に付けている。この大きな赤いケシは華やかな感じであるが「縁起の悪い花」とされ、古くは「性欲を抑制する効果がある」とも云われていた。このことからケシの花もまた、ベリルの願望である素晴しい男性とめぐり合う可能性は少ないという暗示のようである。

彼女は姉の夫スタンリーとクリベッッジをしている時、服の胸にパンジーの束を着けているが、彼女が前屈みになった拍子にそれを落としてしまう。シャクスピアの「真夏の夜の夢」*A Midsummer Night's Dream* では、オベロンがパンジーの汁をタイタニアの目に垂らすと、彼女は目覚めて最初に見た男性に恋をする。またハムレット *Hamlet* でオ

巨大な Silver fern
オークランド郊外

フェリアは「これがマンネンロウ、思い出の花、ねえ、お願い、私を忘れないで。それから三色スミレ、物思いの花」と言っている。三色スミレ pansy は語源がパンセ pansée に由来しているところから、「思い、夢想、瞑想《めいそう》」を表すという。これを「前奏曲」のベリルにあてはめると、パンジーの束を落としてしまう彼女から、瞑想などもやがては無くなってしまうという暗示である。

この作品の舞台となっているバーネル家の客間には、センニンソウの花がたくさん描かれたベリルの油絵が掛かっている。どの花も小皿くらいの大きさで、真ん中が黒く縁取られていて、びっくりした目のようなセンニンソウである。クリーム色の壁紙に落ち着いた感じの家具やピアノがある客間に対して、彼女が描いた驚いたように見えるたくさんのセンニンソウの油絵は不似合いである。

センニンソウはつる性の草で、他の植物などに絡みつき、時には生垣や茂みを多い隠すほどはびこり、有毒であるという。ベリルがバーネル家で体の弱い姉リンダ以上に発言し行動していることや、女中のアリスに意地悪く毒づいている彼女の様子から、手に負えないほどはびこる有毒なセンニンソウとオーバーラップする。

彼女は引越しの次の朝に、大きなバイカウツギの花を髪に挿してバーネル夫妻の部屋にやって来る。バイカウツギは、白い四弁花で香りが良く、さらに見栄えの良い花なので庭花として重宝がられるという。この花の特質は「自分は美しくて、バーネル家においても貴重な存在だ」と思っている、自惚れの強い彼女自身のようである。また自分は美しいと常々思っている彼女は、バイカウツギが庭花として愛されているように、自分も男性から愛されたい、認められたいと願っている彼女そのもののようでもある。

ベリル Beryl はこの作品では人名であるが、水仙の改良種の名前のひとつでもある。水仙 narcissus の意味は、ギリシャ神話の美少年 Narcissus の伝説から、本能的な自愛 egotism, self-love、自惚れ conceit などの意味をもつ。

ギリシャ神話の美少年は、泉に自分の姿を映して美しい泉の精だと思うが、この作品では、ベリルだけが自分の姿を鏡に映して満足している。最終章で顔や姿を鏡に映しながら、自分に対して「あなたは本当に美しくて愛らしい娘よ」と思う。彼女のこの自惚れは、直ぐ後に彼女を呼びに来たキザイアが、ひどく汚れた白い猫を化粧台に座らせる場面と大きな対照となる。

キザイアは白い猫を化粧台に座らせて、その猫に「さあ、自分の姿を見てごらん」ときつく言うと、猫は鏡に映った自分の姿に怯えてしまう。猫でさえ謙虚な気持ちがあるのに、思慮分別のある人間がどうしてそのような気持になれないのかと、この場面を通して作者が苦笑しながらコントラストを示しているようである。

次に作者は引越しの翌朝の様子を、「夜空には小さな星がいくつかしばらく浮かんでいるが、やがて見えなくなって、泡のように溶けてしまう。夜明けの静けさにはっきり聞こえるのは草地を流れる小川の音である」と述べている。視点を空から地上へと移して、上下の広がりを述べ、次に小川の流れを使って左右の広がりをいって宇宙の広大さを述べている。そこにスグリや水草、タガラシに水が注ぎ込んでいる小川のせせらぎの音だけが聞こえている描写で、夜明けの静けさを一層鮮明に映し出している。

その後、タガラシ watercress を使って女中のアリスはサンドイッチを作る。このタガラシは他の植物と違って根を大地に張らず、水の流れに任せ、若い茎は食用にされる。この水タガラシの特性は、サンドイッチを作っている女中アリスとオーバーラップする。バーネル家に住み込んでいる使用人であるアリスは、自分の気持ち、意思を抑えて生活しているからである。また水タガラシの若い茎を食用として人間が利用するのと同様に、アリスもその若い労働力をバーネル家に与えている点で通じるものがある。ベリルに嫌みを言われたり、意地悪をされても決して逆らわない。それは水タガラシの根と同じである。また水タガラシの可愛い白い花は、彼女の清純さを表すものでもある。

作者はアリスの服装について、着飾ってはいるが、黒を基調としていて、未婚の女性であるのに若さはなく、まるで修道女のようであると述べている。この服装は立場上やむを得ないが、現在の生活に不満を持ち、逃げ出したいといつも願っているベリルとは対照的に、ひとつの場所で身動きの取れないアリスを、作者は象徴的に述べているようである。

前述したフェアフィールド夫人について再び言及すると、彼女が植物と共に物語に登場するのは、孫のキザイアとブドウを買いに言った事を思い出す場面である。店の男性の温室には見事に育ったブドウがあり、キザイアは祖母と共に、その見事なブドウに感動している。フェアフィールド夫人は、台所の窓から菜園や大黄の畑と共に見えるたくさんの葉を茂らせたブドウの木を見て、葉はよく茂っているけれど、多分実は熟さないだろうと思ったり、ベリルが熟していない実を食べた子供の頃を思い出している。彼の温室でフェアフィールド夫人とキザイアの目の前にあるのは、良く実った大きな房であるのに対して、ベリルが食べたのは熟していない白っぽいブドウである。

ブドウは聖書の中では「平和や多産」を意味していると前述したが、それから解釈すると、実っていないブドウを食べたベリルには満足できるものはないが、フェアフィールド夫人やキザイアにはこの意味が当てはまる。なぜなら、キザイアに関しては後述するとして、フェアフィールド夫人に関していうと、引越し早々であるにも係わらず、台所はきちんと整頓されていて、初めて入って来た長女リンダは安堵する。そしてこの場面でリンダが「とてもお腹がすいたわ」と母親に言うが、これはこの作品で唯一彼女が食欲を訴える場面である。これはフェアフィールド夫人の何事に対しても平安を与えるという彼女の才量によるものである。

彼女の服装についてみてみると、グレーの薄い絹地に大きな紫のパンジー模様の服を身に着けている。パンジーは、どのような場所にも育ち、花束にしてもまた生花にしても良いという。また開花期が長いというのも特徴である。このパンジーの特質は、適応性があり、どのような時、所、場合にも卒なく対応できるフェアフィールド夫人の特質と一致している。

引越しの慌しさの中で着々と整理整頓をし、周囲の様子を観察、把握して、それに順応しようとする彼女の様子が理解できる。リンダは引越し早々の台所に初めて入って、そこにいる母親を、老いてはいるが、まだまだ美しい母の姿を見ていると心が慰められると思う。そして彼女の頬の柔らかい感触や腕や肩の感触などは、自分に必要だと改めて思うのである。

その母娘が夕食後庭に出たときに、ジャムをたくさん作って貯蔵庫の棚を一杯にする事を楽しみにしていると母は娘リンダに話す。というのは、母は果樹園にはどのような種類の木があるのかをすでに観察していて、スグリがとてもたくさんあることに気付いたからである。このスグリは、美しいだけではなく、生垣に利用されたり、黒イチゴのような実がなるので食用として利用でき実用的である。さらに取り木や挿し木などで簡単に増やせるという。このスグリの特質は、美しくてしかもまだまだ現役として活躍しているフェアフィールド夫人そのものであるし、どのような環境にもすぐに馴染み、生活を始められる彼女とオーバーラップしている。

娘のリンダは作品の冒頭で、引越しの荷物と一緒に自分の子供達を置き去りにする冷たい母親として登場する。自分の膝の上に子供を乗せて馬車に揺られるのは苦痛と感じ、またその子供達が夜遅く使用人に連れられて引越し荷物と共に到着した時にも、頭痛を理由に目を開けて彼女達を見ようともせず、彼女自身も食事を取ろうともしない体の弱い母親である。

このような状態のリンダが、夕食後に母親のフェアフィールド夫人を探すために庭に出て行き、月の光の中でアロエを見ている母親を見つける。そこで二人は、滅多に花が咲かないアロエが蕾を付けているのを見つける。リンダはそのアロエに自分がぐんぐん引き寄せられるのを感じ、またアロエが波に乗ってオールを上げた船に見え、遠くへ進むようにも思える。そしてさらにそれに近付いて見ると、葉を縁取る鋭い棘があり、彼女はその棘に引かれる。この鋭い棘があれば、誰も近付いたり追いかけたりしないだろうと思うからである。

体の弱い自分に出産を望む夫スタンリーから逃げ出したい気持ち、またそんな彼を近付けたくない彼女の気持ちが、このアロエの姿や形に似ているからである。しかし皮肉なことに、彼女と母親はアロエに蕾があることに気付く。これはリンダの妊娠、出産の可能性と結びつく。作者はここで、滅多に咲かないアロエの花の蕾を描写して彼女のその可能性を暗示しているが、植物を表現しながらそれを暗示している箇所が他にも見られる。
まず引越しの翌朝にリンダは自分の父親と一緒にヒナギクが一面に咲いている緑の草地を通っている夢を見る。ヒナギクは強い繁殖力があり、中世では「太陽」と言われていたらしい。太陽は、生殖や発情などと関連し、リンダの妊娠を象徴している。
また同じ日にスタンリーが出勤した後、彼女は寝返りをうって壁の方を向き、壁紙に書かれたケシの花を指先でたどっている。線をたどる指の下で、ケシの花は花弁だけでなく、マルスグリのように毛羽立った茎や葉のように感じ、生命を持つもののように彼女は感じ取る。
ケシの花は「豊穣」という意味を持ち、スグリには「期待」という意味がある。彼女は「物には生き生きと生きる慣習があるものだ」と思い、また「物が生きてくるという不思議な仕事を、物はやってのける」とも言っている。これらは全て、彼女の妊娠や出産を暗示していると解釈できる。
このようにリンダの妊娠そして出産の可能性を暗示されているが、当のリンダは母親とアロエを見てから、クマツヅラの花を引っ張って、それをもみくちゃにしている。それから両手を広げてその花の香りを嗅ぐようにと、母親に差し出している。クマツヅラの花は開花期が長く、繁殖しやすい花で、豊穣の意味も併せ持っている。彼女がこの花をもみくちゃにしている描写は、妊娠を嫌う彼女を象徴的に述べているのである。
このリンダの次女であるキザイアは、物語の最初から登場するしっかりした女の子で、人や物に対する観察力が鋭く、また行動力のある少女でもある。彼女は引越し荷物や妹のロティと共に置き去りにされた為に、サミュエル・ジョゼフ夫人の家で彼女の息子たちとお茶を飲んだ後、ひとりで空き家となった元の自宅に入っていく。台所や客間をはじめ各部屋を見て回るが、食堂の窓から、門に近い芝生にミズザゼンがあることに気付く。そして青と黄色の色ガラスを通して、そのミズザゼンを見ているうちに、どれが本物のミズザゼンか分からなくなってしまう。

ミズザゼン（ヒメカイウ）は、仏炎苞《ぶつえんほう》という珍しい苞を持ち、その苞は白く、切花用に栽培される。特に教会の生花として利用されるという事実と、「魂、精神」という意味を考えると、キザイアの純粋性を示しているようである。彼女が色ガラスを通して花を見る仕草は、子供らしくあどけない様子と捉えることができるが、同時に多面的な物の見方を示していると解釈できる。これは特にアロエを見るキザイアと彼女の母親リンダの考え方や見方に繋がるが、これについては、後述する。

使用人に連れられて引越し先に向う時、キザイアはこの男性が温室を持っている事や、その温室でブドウを栽培していて、そのブドウを祖母とよく買いにいったことなどを思い出す。そしてその思い出の中で彼女は見事に実った房を眺め、祖母と共に感動を分かち合っている。

色鮮やかな花回廊
クイーンズタウン

彼女は祖母と接触する機会が多く、独りでいる時でも祖母を心に浮かべる事が多いのは、同じ特質を持っているからと考えられる。まさにキザイアは、祖母の prelude（前兆、序曲）である。

引越しの翌日に、キザイアは早速新しい家の周りを「探検」し始める。彼女は白や赤、ピンクそして縞模様の椿が今を盛りにと咲いていることや、群がり咲いていて葉が全く見えないくらいのバイカウツギ、紳士が胸のボタンに挿すといわれている小さな白いバラ、そしてピンクのコウシンバラや茎の太い八重咲きの赤バラや庭イバラなどが咲いていることを発見する。

紳士が胸のボタン穴に挿す小さな白いバラは、虫がたくさん付いているので彼女は香りを嗅ぐのを止めてしまい、白バラとの接触を避ける。これは彼女が飛び掛る物を嫌う、即ち男性的な象徴を持つものを拒否する事に関連すると考えられる。

次にピンクのコウシンバラ monthly rose や庭イバラ moss rose、そして八重咲き cabbage roses の赤バラを考えるには、moss　や cabbage の意味を知る事が必要である。まず moss は「母性愛」を意味し、cabbage は菜園を、そしてそれは台所の窓から菜園を眺めているフェアフィールド夫人を連想できる。キザイアの大好きなおばあちゃんが象徴的に示されているのである。

キザイアが最初に目にする椿は、香りがないところから「純粋な美」のシンボルであり、また「卓越と不動」の意味を持つ。この花は彼女にとって常に心にある祖母であり、また優雅な美しさや、何事に対しても着実に成し遂げるフェアフィールド夫人の象徴でもある。また椿を見ているケザイアは、アロエを見た後、赤や白の椿のそばに立っている祖母や母と共通点を持つという暗示でもある。

次にキザイアは、ジキタリス、ゼラニウム、クマツヅラの木、そしてテンジクアオイをみる。ジキタリスは「妖精の特質」をもち、クマツヅラは「繁殖しやすい」ということをリンダの項ですでに述べた。

和名はテンジクアオイ pelargonium は、ギリシャ語　pelargos（こうのとり）に由来し、また果実がコウノトリの嘴《くちばし》にやや似ている事に因《ちな》むという説もある。これらを考え合わせると、ここにもリンダの妊娠そして出産の暗示があるということがわかる。

キザイアは次に、モクセイソウだけの花壇とパンジーだけ植えられている花壇を見る。モクセイソウは、六月に黄色で香りの良い花を穂状に付ける。「控えめと目立たない美しさ」を意味するこの花は、フェアフィールド夫人の特性そのものである。パンジーは彼女の項で彼女との関連を、そしてデイジーはリンダの項でその関連性をすでに述べている。

キザイアが目にするこの花壇には、フェアフィールド夫人の象徴と思われるモクセイソウやパンジーが中心に、リンダの象徴と思われる一重や八重のパンジーがそれを縁取るように咲いている。これは常に母フェアフィールド夫人のそばにいたいと思うリンダを象徴的に示しているようである。それからキザイアは、自分の背丈より高い火掻きのような花 red-hoe pokers や日本ヒマワリ、そして柘植《つげ》の木に気付き、その柘植の木に腰を下ろす。そして腰掛けとなった柘植の木の中を覗くが、埃だらけなので、くしゃみをし、鼻をこすっている。他の花とは違い柘植の木は、彼女に良い印象を与えていない。この柘植は常緑小高木で、いわゆる花ではない。そこで、この作品に現れる木やそれに関する物についてみてみたい。

引越し荷物と共に新しい家に向う時、馬車を操る使用人は、「木の実と新しい木箱」の匂いがするとキザイアは思う。木の実は「豊穣、結婚と子供の誕生」や「睾丸」の意味があり、木は「母なるシンボル」を意味する。また箱が「女性的なもので、無意識を包含する母体を表す」ことを考えると、彼の匂いは単なる子供のユニークな発想だけでなく、キザイアの母リンダの出産の暗示であると思われる。

キザイアの従兄弟のトロート兄弟は、「猿の木邸」に住んでいる。木は「繁茂力のある生命」を表したり、「男根」を意味する。このように作者は木の象徴を用いて、男性を強調している。だからキザイアが柘植の木に良い印象を持てなかったことは、彼女や妹ロティーに嫌がらせをするサミュエル・ジョーンズ夫人の息子達や、愛犬にとんでもない悪戯をするトロート兄弟、そして可愛いアヒルの首を無慈悲に切り落とす使用人パットなど男性を快よく思っていないキザイアの気持ちと一致する事がわかる。

木は男性を象徴的に表している事を述べたが、作者はスタンリーだけは少し違った手段で表現している。彼は帰宅途中に、サクランボを次から次へと食べている。そして帰宅した時に、それを妻リンダに与えるが、彼女は「食べないで、取って置いてもいいでしょう？」と言って食べようとしない。これは果実が男性を意味すると考えると、男性の拒否、即ちリンダの妊娠を望むスタンリーの拒否に関連する。木や木の実そして果実は、花とは違った形で男性を暗示している。そしてキザイアは子供らしい経験を通して、リンダは大人の感覚で、男性を受け入れ難いと考えていることを作者は示している。

キザイアは柘植の木などを見た後その場を去り、果樹園の花が咲いている草の中に転がり込む。そしてマッチ箱に花を入れて祖母をびっくりさせるような物を作ろうと思う。彼女はマッチ箱に葉を一枚敷いてから大きなスミレを置き、その両側に小さな白い石竹を置き、そしてそれらが隠れないようにラベンダーの花びらをふり掛けようと思う。石竹は、カーネーションの「特に明るい色の花びらに紅色の縁取りのある種類」をいうが、本文では「白い石竹」とあるので白いカーネーションとほぼ同じと考える。するとそれは「清純な熱慕」を意味し、祖母に対するキザイアの純粋な愛の象徴と解釈できる。

たくさんの色鮮やかな花を見たキザイアは、最後に肉の厚い、灰色がかった緑色をしていて、棘のある葉をつけて真ん中から太い茎が出ている大きな植物に出会う。赤や白、ピンクそして紫など色鮮やかな花を見てきた彼女には、裂けたり破れたり、または枯れて地面に落ちた葉もあるその大きな植物に対して、良い感情を持てない。色鮮やかな花を咲かせている植物ばかり見てきた彼女にとって、花の咲いていないこの植物は、果たして花を咲かせるのだろうかという疑問を持ち、たまたま庭の方へやって来た母親に尋ねる。彼女は娘が見たアロエを見るが、娘とは全く違う印象を持つ。

母親にとってアロエは、破れたり枯れたりした醜い植物ではなく、鋭い爪を持っている鳥がしっかり大地を掴んでいて、それが空中に浮かぶかのように、また茎はどのような風にも揺るがないしっかりしたもののように感じる。ここで彼女は自分にはない強さを持つアロエに大いに惹かれる。そして花をつけていないアロエを不思議に思う娘が「花が咲くことあるの？」と尋ねると、「百年に一度ね」と答える。このことばは、アロエの花のようでありたいと思う彼女の気持ち、妊娠を拒否する彼女の気持ちを示しているのである。

娘にとってアロエは、それまで見てきた花と全く違う種類の植物で、めったに花を咲かせないということは、驚き以外の何ものでもない。しかし一方母親にとってそれは、自分にないものを備えている素晴しい植物、人を寄せ付けず、自分の進みたい方向へ進める力強さ、そして何よりも花を滅多に咲かせない植物であり、庭にある植物の中で一番好きだと思うのである。

同じ物に対する見方の多様性について、作者は冒頭で既に述べている。それは、キザイアが普通のガラスと青や黄色のガラスからミズザゼンや妹ロティを見ていて、どの色が本当のミズザゼンでロティなのかわからなくなっている場面である。この場面は、同じものでもガラスの色が違うと全く違うものに見え、子供が驚いている様子であるが、物は見方によって随分違った印象を与えるという作者の提示は、アロエに対する母と娘の大きな見解の相違に関連している。

アロエは母親の叶えられないが切なる願望の具現者（物）として、

また花の好きな娘に対しては、滅多に花が咲かない植物も存在する事を知らしめる物なのである。ここにこの作品の前題が「アロエ」であったことを充分に理解できるのである。

キャサリン・マンスフィールドの生涯と作品に見られる植物について

キャサリン・マンスフィールドの作品には、たくさんの植物の名前が表れる。それは豪華なバラや百合の花から雛菊やタンポポに至るまで、又世界中のどの国にでも見られる植物もあればニュージーランド独特のマヌーカやトイトイなどもある。花だけでなく松や棕櫚、樺、柳、ポプラなどの樹木もあれば、羊歯やゴム、椰子の葉もあり、作品に見られる植物の種類は八十種類以上にもなる。そしてそれぞれの植物が咲かせる花の色や、植物そのものが持つ色についていえば、赤、黄、ピンク、ブルー、白、紫、緑とこれまた多彩である。

ジェイン・オースティン、ブロンテ姉妹、バージニア・ウルフなどの女性作家のどの作品をみても、これほど多種多彩な植物を作品に組み込んでいる作家はいない。女性だから植物に興味があり、男性だから植物に興味がないと断言すべきではないが、女性作家といえども植物にはあまり言及していない作家もあり、ましてや男性作家に関してはきわめて少ないようである。このことを考えてみると、マンスフィールドの作品と植物は切り離すことが出来ず、また彼女の作品に表れるこれだけの数の植物には、作者から我々読者への何らかのメッセージなのだと考えざるを得ない気もするのである。そこで彼女の生涯をいくつかの期間に分けて、その時期の作者自身と作品、そして作品に表れる植物との関連性をみてみたい。

まず 1908 年から 1915 年までの時期を取り上げてみる。期間としては少し長いようであるが、マンスフィールドが家族の反対を押し切ってロンドンに着いた 1908 年八月二十四日を起点とし、弟レズリーが戦死し、彼との思い出がある故郷ニュージーランドを題材にして創作しようと決心する 1915 年までとした。この時期は、作者の結婚、別居、妊娠、流産、そして病気、療養と立て続けに喜べない出来事があった。そしてマリとの同棲生活や、出版に関わる借財、仕事や健康上の行き詰まりなどが、それに続いている。さらに、前述した弟との再会（二月）を喜んだのも束の間で、その八ヶ月後（十月）に彼の戦死という悲しみを味わうなど、彼女にとって公私ともに起伏の多い時期でもある。

マンスフィールドは、1910 年にニューエイジ誌を編集する批評家 A. R. オラージ氏に原稿を送った。その結果二月二十四日号に「疲れた子」"The-Child-Who-Was-Tired" が掲載され、その後 1912 年春まで十数編が掲載されている。

この作品「疲れた子」は、知的レベルが少し低い子守りの女の子が疲れ果てて、「両側に高く黒い木が並んでいる小さな白い道」を歩き出そうとしている夢を見ている時に、主人からたたき起こされる場面から始まる。赤ん坊の守りや子供の世話、家事などで一日中こき使われ、彼女は疲れ果てている。その上、夜になっても泣き止まない赤ん坊を黙らせるように主から言われる。しかしどうしても赤ん坊は泣き止まず、考える能力がもともと低いその女の子は疲労困憊のためもあってよりいっそう思考能力が低下し、成す術もなくして赤ん坊を窒息死させてしまう。そして最後には夢で見た「両側に高く黒い木が並んでいる小さな白い道」を実際に歩いている、という内容で終わる。

人を殺《あや》めるという恐ろしい出来事を表すかのように黒くて高い木、そして白い道は、疲れ果てて朦朧としている子守りの女の子の意識を表現している。この白と黒のモノトーンの世界が、陰鬱な暗いイメージを作り上げている。疲れ果ててどうしようもないこの女の子は、その当時、結婚、別居、妊娠、流産などで悲嘆に暮れ、心身ともに疲れ果てていただろう作者の様子を表しているようである。

1910年三月三日付けで発表された「食卓のドイツ人」“Germans at Meat”には植物の描写がなく、その七日後に発表された「男爵」“The Baron”においても同じで、主として身分の高い孤高の男爵への皮肉や軽蔑を表現しているだけである。しかしただひとつ「花束」ということばが作品に表れている。それは高校の先生から花束を贈られた主人公の描写で、それは彼女が他人から好感を持たれる人物であるという意味合いを含んでいる。男爵と対照的な主人公に花束というスポットライトを当てる事で、彼の利己的、自己中心的な人間性を一層強調している作品である。

同じ年の八月四日付けで発表された「男爵夫人の妹」“The Sister of the Baroness”では、私なる主人公はドイツ人の学士夫人から、クリケットのグランドで走り回ったりする英国人は、野バラと同様に野蛮だと言われ, 憂鬱な気分になる。その後主人公は庭に出て行き、紫色のリラが咲く大きな茂みに遭遇する。そしてその「優雅な喪服を思わせる色合いに悲しみの深い意味を見出して」その場に座り、詩を書き始める。英国人を野バラに例えられて悲しい思いをしたり、たくさんの紫色のリラの花でその悲しみに耐えているこの作品を思う時、たとえ花の描写があったとしても、種類や色などで華やかな雰囲気を全く感じられない場合もあることがわかる。

この作品が発表された二週間後の八月十八日付けで発表された「フィッシャー夫人」“Frau Fischer”でも、作者はドイツ人の英国人非難を扱っている。ドイツ人のフィッシャー夫人は、英国人は変っている、英国人はドイツ人のお陰を被っているなどと話し出し、主人公の私は「ニオイアラセイトウが咲き乱れ、そしてドイツの花束のようにぎくしゃくしたような感じのバラが、こわばったように突っ立っている庭」を見渡している。

バラの描写があるものの、本来の豪華で美しい印象はなく、なぜかバランスの取れていない不自然な雰囲気を持つバラの表現である。ニオイアラセイトウはアブラナ科の多年生植物で、黄赤色、黄色、紅紫色の花を咲かせる。バラのような豪華で派手な花ではなく、それ故に身分の高いフィッシャー夫人に対する主人公自身を暗示している。この花 wallflower には花の意味の他に、「舞踏会やパーティーで独り壁際にいて、ただ見ているだけの人」、あるいは「ある活動に取り残された人」の意味もあり、この作品の場合、ドイツ人の夫人から離れて早く独りになりたいという主人公である「私」の気持ちも含んでいると考えられる。

この作品では、他にポーターが口にくわえているヒマワリや、マリア像の足下に咲く白いバラがある。しかし赤髭のポーターが口にくわえているヒマワリには美を感じられないし、マリア像の足下の白いバラは、人々の雑談や騒音で萎《しぼ》んでしまいそうだという描写があり、どちらも花本来の美しさは感じられない。

翌年の 1911 年六月二十二日には「近代的な女性」"The Modern Soul" が発表されている。ウイーンからやって来た母娘について、「私」の主観で書かれた作品である。内科の疾患がある母親の転地療養が目的で、その母親の「手提げ袋の真ん中にはバラの花が一輪ピンで止められていて、もう一輪は白いショールの複雑な襞《ひだ》に差し込まれて」いたと描写されている。花の描写があるものの、この夫人の装いが美しくも感じられず、なぜかすっきりしない印象があり、またバラ本来の美しさも感じられない。

娘は黄色い髪に藤色のスイトピーで飾って品良く登場するが、天才気取りで、その上、母親が原因で自分の野心が閉じ込められて才能が発揮されないと、主人公の私に愚痴を言う。始めのうちは、その娘の話をよく聞いて助言などもしていた私であるが、徐々にその彼女を持て余し嫌悪さえ持つようになる。

この作品ではバラやひまわりなど明るい印象を与える花が描写され

ているが、それらは人物やその行動によってダメージを受けて、美しく咲き誇っていないことに気付く。また藤色のスイトピーを髪に挿して登場する娘の印象は決して悪いものではないが、前述したように高慢で愚痴っぽいことで、作者は嘲笑の的にしている。マンスフィールドはここでも藤色系統の色に、好い印象を与えていないことに気付く。

1908年から11年までの作品に描写されている花についていうと、バラやヒマワリなど明るい色の花については描写があるものの、美しく咲いている状態ではない。そしてすみれや藤色のスイトピー、忘れな草などの花に関しては、それを身につけている人やそれを見る人の気持が塞ぎこんでいたり、不愉快な気持ちであったりすることが多いようである。

1911年になってマリと知り合ったマンスフィールドは、ニューエイジ誌を離れ、マリが編集するリズム誌に作品を発表するようになる。そこに掲載された五編のうちの二編をみてみたい。まず1912年に発表された「新しい服」“New Dress”であるが、この作品は「前奏曲」“Prelude”の前身的作品といわれている。確かに母親アンは意地悪で刺々しく、温か味がなく、それは父親ヘンリーにも当てはまる。また祖母も然りで、彼女はその上覇気がない。登場人物全員の心が暗く、陰があるように思える。

この陰鬱さは、物語が夜から始まることと、老母や娘などに不満を持つアンのイライラした描写によるものである。そしてその不満を持つアンが、彼女の不満の原因でもある次女が置き忘れたであろう本を取り込むために、苛立ちを抑えられない様子で庭へ出て行く。それが、「バラの花の匂う暗い庭」である。花の香りで陰鬱な雰囲気が緩和されるかと思うが、アンはそれに気付くことなく、本を置き忘れた娘への怒りを以前にも増して顕《あらわ》にしている。

彼女がその美しいだろうはずのバラの存在を認めないこの行動は、

良いものを持っている次女の存在を認める事が出来ない彼女自身と重複するものである。香りだけでなく、花本来の美しさを感じ取ることが出来る人は、それぞれの人間や物、あるいは物事が持つ生来の良さも認識できるはずだからである。このことを作者は強く言いたかったようで、その役割を医者マルカムに担わせている。病を治すのが医者であるから、アンの内面を立て直す人物として、作者はマルカム先生を作品に登場させているのである。

「小屋の女」“The Woman at the Store” も、マリの編集するリズム誌の1912年春季号に掲載された作品である。ひどい暑さの中、腹帯が当たって大きく皮が擦り剥けた馬で、「私」を含めた三人がコメススキを掻き分けて丘陵地に立つ店にやって来る。このような冒頭部分から、誰もが険悪な雰囲気、危機感などを持つ。さらに「棒と針金で出来たような醜い女性」と「正気でない人間が狂気の鋭さでのみ描けるような、異常なむかむかする低俗な絵を描く、気味悪い白痴の女の子」や「皮

トイトイ Toi Toi
オークランド郊外

膚病の犬」などの登場で、さらに不気味さを増す。

丘からは「波のようになびく一面のコメススキと、ところどころに見える紫のランの花と厚い蜘蛛の巣に覆われたマヌーカの他には何も見えなかった」とあり、美しいはずのランの花もコメススキの為に生来の美を発揮できず、またマヌーカも蜘蛛の巣に覆われて、全ての動き、動作を阻止されている。これは棒と針で出来たような醜い外見の女性が、夫殺しを封印する為に、気味の悪い知的レベルの低い女の子に大きな影響を与えていることや、殺されて自由を奪われた夫を暗示している。

丘の下には小屋があり、「その小屋の周りは菜園になっていて、ひとかたまりの柳の若木が生えて」いる。ここで、少しの植物が表現されている。そして菜園の小道の花には、アメリカナデシコや、八重のケシがあるとも描写されている。これらにはいくつかの色彩を感じられるが、先に述べた「醜い女性」と「異常なむかむかするような、低俗な絵を描く、気味悪い白痴の女の子」、そして「皮膚病の犬」などの表現が強烈すぎて、その僅かな色彩感は全く色褪せてしまい、異様な不気味さだけが、鼻を衝く強烈な異臭のように我々読者に残る。

1913年十二月に完成された「子供らしいが、とても自然な」"Something Childish But Very Natural"では、十八歳のヘンリーと十六歳のエドナの淡い恋物語を描いている。彼らの幼さ、可憐さを強調するために、桜草や雛菊、石竹といった淡い色彩で、形も小さく可憐な花を描写している。この頃の作者は、結婚、別居、流産などの悲嘆から徐々に立ち直り、D.H.ローレンスと親交を結んだり、大陸に刺激を求めてパリに住むようになった頃である。この作品の主人公たちの青春時代のように、マンスフィールドも作家としての成熟期に入ろうとしていることを表しているようである。

しかしその翌年は肋膜炎のために健康を害し、仕事も行き詰るが、夏以降はローレンスを通してコテリアンスキーなどと交流している。

そして冬にはマリと再び不仲になり、マンスフィールドは失意に沈んでしまう。

翌年の1915年には入隊した弟との再会や、ローレンスとの交流で元気を回復するものの、十月にはその弟が戦死し、悲嘆にくれる。しかしその後、故郷を題材にして創作することが弟への供養であり自分の義務と決心し、1916年三月二日に故郷ニュージーランドを舞台にした「アロエ」"The Aloe"を書き終える。この年はマリがフランス文学評論家としての地位を確立したために、彼は仕事に没頭する。その為にマンスフィールドは孤独に苦しむようになり、一方でマリ自身も仕事の他に軍務が加わることになり、生活が陰鬱になり始める。

1908年から16年の時期に書かれたとされる作品は、前述した作品も含めて約二十五編である。すみれ、勿忘草《わすれなぐさ》、リラ、藤色のスイトピー、紫色の蘭など、紫色の花や、黄色の百合、金盞花《きんせんか》、ウイキョウ、金鳳花《きんぽうげ》、スイカズラ、モクセイソウなど黄色の花が咲く植物が作品にみられる。この時期の初期は、赤やピンクの花を咲かせる植物の描写は少ないが、マリの編集するリズム誌に発表するようになった1912年頃から、石竹、けし、ピンクの野バラなど小さくて淡い色の花を咲かせる花の描写が徐々に多くなっている。これは彼女の私生活が哀しみや落胆などから好転し、充実した生活に変化している事を示すもので、それはこの時期全体の植物の種類が、三十五種類ほどにもなっていることからも証明できる。

1917年早々、マンスフィールドは合法的な夫婦でないことが障害となり、マリと別居生活に入る。しかし彼女にとってその生活の方が快適だったのか、一年前に書き上げた「アロエ」"The Aloe"を推敲して、「前奏曲」"Prelude"と書き改めたり、またこの年の秋までにニューエイジ誌には十編も投稿したりなど、創作活動に意欲を見せている。しかし健康面ではひどいリュウマチに悩まされたり、肋膜炎で倒れたりで芳しくない状態であった。

ここで、書き改められた「前奏曲」をみてみたい。この作品は十二の挿話からなり、バーネル家の引越し当日から、新しい家に落ち着くまでの一週間を描いている。冒頭は引越しの荷物がいっぱいだという理由で、置いてきぼりにされた幼い姉妹の驚きや寂しさが描かれている。

二章では少し落ち着きを取り戻した姉妹のうちの姉であるキザイアが、荷物を全て運び出されてガランとした自分達の家に入っていく。部屋に残っているものと言えばガラクタだけであるが、それとは対照的に庭には、ミズザゼンや白百合など白い花が多く咲いている。白の意味する「純潔」や「慈悲」を考えると、彼女の純粋さや、やさしさ、そして彼女の家に対する愛着が暗示されていると思える。

新居では、彼女達の母親であるリンダがみる夢の中に出てくる雛菊や、幼い二人の叔母にあたるベリルが髪に挿すバイカウツギなど、白い色をした花が多くなる。それは、新しい家に住み始める家族其々の新たな気持ちのようである。しかし徐々にケシ、マルスグリ、紫のパンジーと色彩が増えていくことに気付く。

それは幼いキザイアが、新しい家の庭を「探検」しながら目にする花がたくさん現れるからである。バイカウツギ以外に、椿、ピンクの庚申《こうしん》バラ、太い八重咲きのバラ、木犀《もくせい》、そしてひまわり、クマツヅラやラベンダーなどが加わり、赤、ピンク、黄色、紫など色彩が一層豊かになる。これはこの少女のこれからの人生が多彩で、大いに広がっていくことの暗示であり、また新しい家で始まる其々の人たちの多彩な人生の暗示でもある。そしてさらにこれは、マンスフィールドがマリとの別居生活に入ったものの、孤独に苛《さいな》まれる事なく執筆活動を続けている彼女の快適な生活を意味していると考えられる。

マンスフィールドは1918年早々の一月八日に転地療養のために出発するが、戦争でそれもままならない。その為に彼女の健康は衰え、心細くて孤独な生活の中で、「私はフランス語が話せない」“Je ne Parle pas Français" を創作する。そのためか、この作品にあるのは、生粋のパリッ子ラウール・デュケットの卑劣な行為、悪の意識と、その犠牲となった英国女性マウスの陰鬱な気持ちのみで、具体的な花の描写はない。この理由は、恋人にパリで捨てられてひとりになった女性マウスは、これから先の彼女自身の身の振り方や不安などでいっぱいで、周りの事などを見たり考えたり出来ない心の余裕のなさを示していると解釈するからである。

フランスで病床にあるマンスフィールドは、生計のために英国へ戻ったマリへの不実をこの作品で非難していて、パリで恋人に捨てられてたったひとりになってしまった女性マウスは、作者自身の投影であると考えられる。また卑劣な行為をとる生粋のパリッ子ラウール・デュケットは、フランス人に対して好い感情を持っていなかった当時のマンスフィールドの感情が含まれているとも考えられるのである。

そして次に、この年の二月二十八日に書かれた「幸福」"Bliss" をみると、これまた妻を裏切る不実な夫と、それを物語の最後で知る妻の姿が描かれている。「赤や黄色のチューリップが花の重みで夕闇に寄りかかっているように見える」という描写は、夫の不実に全く気付かない妻が、それを知る事で憂鬱な心の闇に入っていくことの暗示のようである。

そして唯一見事に咲いている梨の花は「実が心臓の形をしているところから情愛を表す」意味があり、この作品では当然夫から妻バーサへの情愛と誰もが理解するが、最終的には、皮肉にもそれは妻ではなくフルトン嬢に対するものだと判る。そしてタイトル「幸福」に相反して妻の驚愕、落胆、そして絶望で終わる辛らつな皮肉の作品なのである。

病気と孤独、そして戦火の元での作者の実生活を考えると、辛辣な皮肉を言いたくもなるだろう。そしてまたそのような状況の下では色彩感など生まれるはずもなく、そのためにこの時期は多彩には程遠く、黒、白、少し色彩感があっても黄色など、モノトーンに近い色の傾向となっている。

1919年には詩や翻訳をアシニアム誌へ寄稿したりするが、夏の終わり頃からまた体調を崩し、イタリアへ転地する。その後一時健康を回復するものの、マリがロンドンに戻ると孤独感を募らせてしまい、そのために創作活動ができなくなっている。

これまでに述べてきた1917年から1919年までの時期における作品をみると、黄水仙、金盞花、ひまわり、モクセイソウ、タンポポ、ダイオウなど黄色い花を咲かせる植物や、パンジー、パルマスミレ、ラベンダー、クマツヅラなど紫色の花々と共に、ピンクのバラやカーネーション、赤いバラ、フクシャや椿、テンジクアオイなど赤やピンクの花を咲かせる植物が徐々に多く見られるようになる。しかし種類は前年の時期とあまり変らず、三十四種類程度に留まっているのは、彼女の病とそれからくる精神的な不安に因るところが大きいと思われる。

1920年早々の一月二十一日に、マンスフィールドはフランスのマントンに転地する。その結果九月にはかなり健康を回復し、十二月には短編集「幸福、その他」*Bliss and Other Stories* が出版される。1921年六月になってマリとマンスフィールドは、はじめて一年ほど落ち着いて共に生活することになる。そのために彼女の創作意欲は高まり、作家として充実した時期となる。十月までに短編集「園遊会、その他」*The Garden-Party and Other Stories* の半分以上を占める物語を書き上げ、十月十四日の三十三歳の誕生日の夜には「園遊会」“The Garden Party”、そして十月三十日には「人形の家」“The Doll’s House” を完成させている。

まず「園遊会」では、冒頭からタイトルに相応しい豪華でしかも多数のバラやユリ、ミズザゼン、ピンクのカンナユリなどの描写がみられる。花の開花の描写で当日の始まりを、そして花がゆっくりと色あせて閉じる様子でパーティーの終了を暗示し、花の持つ美しさや豪華

カロリ小学校校庭にある松の木
手前右の石碑はマンスフィールドの記念碑

さを、パーティーのそれと重ね合わせて表現している。パーティーと花の種類や色彩、白、赤、ピンク、紫、そして緑などの多彩さ、そしてそれらから感じられる豪華絢爛な様子で、贅沢を好む高い階級社会の雰囲気を示している。そしてたくさんの贅沢《ぜいたく》な花のあるなしで、階級の違いも強調している。しかし花のある生活が完全無比で素晴らしいかというとそうではなく、坂の下に住む貧しい荷馬車屋の主の死とその家族の描写を通して、花などとは全く無縁な階級であっても、人を思いやる心があることで、花以上の輝きがあることも強調し、物語を終えている。

この作品を書き終えた二週間後に完成した「人形の家」では、人形の家とそれを取り巻く子供達の話題を描いている。一見可愛く感じるタイトルであるが、それを形容する植物の描写は見当たらず、たった三種類に留まっている。そのひとつは毒を持つと言われ、黄色い花を咲かせる金鳳花《きんぽうげ》、そして松の木と牧草である。

金鳳花は主人公達が通学途上に掻き分けて通っている通学路に咲いていて、その同じ場所を、いつもいじめられているケルビー姉妹が、彼女たちと同じように、それを掻き分けて主人公の方に歩んで来る。この描写は主人公とケルビー姉妹の唯一の共通点とし、お互いの感性の一致を暗示している。それは主人公だけが気付き、姉達からは完全に無視されていたランプの存在に、この姉妹が気付いたことである。そしてまた、いじめられっ子のケルビー姉妹と有毒植物の金鳳花の関連性は、姉妹と姉妹をいじめる子供達の関係であることに気付く。この花はまた「汚れを知らぬ無心の象徴」という意味もあり、純粋無垢の主人公やケルビー姉妹の特質を示している。

その子供達が集まって昼食を取るのが松の木の下で、ケルビー姉妹も少し離れて、女の子達が集まるその場所にいる。そこは砂漠のオアシスのように憩いを与えられる場所であるが、この姉妹にとっては、他の女の子達から両親の悪口を言われたりしていじめられ、皮肉にも憩いとは程遠い、全く別の、嫌悪を催す場所となるのである。ここに表れる子供達の姉妹に対する意地悪は、大人の世界を反映している醜さや残酷さがあり、それは「純粋」を意味する金鳳花が持つ毒にあたるものと解釈できる。作中の人形の家を通して理解できる子供の姿には、「人形の家」という表題の印象から来る可愛らしさ、あどけなさとは全く違い、人によって動かされる人形の如く、大人の偏見をそのまま受け入れて行動する子供たちの醜さと、それに動かされない純粋な心を持つ子供たちの姿を述べた作品であることがわかる。

主人公からやっと人形の家を見せてもらったケルビー姉妹は、意地悪な主人公の叔母さんに追い払われて草原にやってくる。彼らの眼前に広がる牧草の景色は、それまでずっと見たいと思っていた人形の家を遂に見ることが出来た感動や満足感が、彼女たちの心に広がっている様子である。そして人形の家にあったあの素敵なランプが彼女達の心に火を点《とも》し、その明るさが広がっている様子を、彼女達の視点の広がりとして表現している。それは、口数の極端に少ない彼女達を代弁しているかのような表現方法である。

1920年から1921年の作品には、パンジー、スミレ、ラベンダーなどの紫色の花の描写は少なくなり、ピンクや赤のカーネーション、ゼラニウム、ケシの花、バラ、石竹、タチアオイ、フクシャ、ペチュニアなど赤やピンクそして水色などの明るい色を咲かせる花や、ミズザゼン、スズラン、白百合、カンボクなど白い花を咲かせる植物がみられる。

この時期は作者の充実した時期であることも確かであるが、前述したように、この頃作者は、南フランスのマントンで転地療養をしている。マントンは冬でも暖かく、そのために一年中色とりどりの美しい花が咲いている。これが彼女の絶頂期と重なって、多種多彩な花の描写が生み出されたと考えられる。そしてその結果、四十六種類ほどにもなり、明るい感じの作品が多くなっている。

1921年秋の活発な創作活動の後マンスフィールドは体調を悪化させ、その為に1922年一月に「一杯のお茶」“A Cup of Tea”, そして「尼になる」“Taking the Veil” を書き上げ、ロシアの結核の権威に治療を受けるための費用に当てている。まずそのうちの一作である「一杯のお茶」をみてみたい。この作品は十一月十一日付の日記に「四十五時間で書き上げた」と記されていて、その後五月にストーリーテラー誌に発表されている。

この作品では、何不自由ない生活をしている主人公が、リージェントストリートの花屋で花を買い求める。リラは形がなっていないという理由から嫌うものの、たくさんのバラや、赤と白の交じったチューリップなどを、大量に買い求める。そして華奢な店員は、大きな白い花の紙包みを腕いっぱいにかかえて、主人公の後に付いて行く。この光景は主従の象徴で、主人公の金持ちであることへの満足感やプライドと、他人は自分の思うようになるという、思い上がった彼女の気持ちを垣間見ることができる。

リラ（ライラック）は「喪を表し、一本でも切られると翌年は、花を咲かせない」特徴があり、またこの理由から「気むづかしさ」の意味も持つ。これは若さ溢れる主人公が、欲しいと思うものは何でも手に入れる我儘、気儘であることと関連している。けれどもその関連する花を避けている事に、皮肉を感じざるを得ない。

主人公はそのライラックを避け、豪華で明るくそして「愛の宣告、魅惑」を意味し、可愛い印象を与えるチューリップを選んでいることにも意味がある。これは、友人、知識、財産など全てが備わっている主人公への他人からの魅惑であり、「お茶を飲むお金を下さい」と彼女に話しかけてきた女性に対する主人公の夫からの魅惑、そして何でも全て持っているが、美貌だけは持ち合わせていない主人公の美貌への大いなる魅惑でもある。

「尼になる」をみてみると、主人公エドナはジミーと子供の頃からの許婚である。その二人が芝居を見に行って、彼女は主演俳優が好きになってしまい、とてもジミーとは結婚できないと思う。そして自分に残された道は尼になることだけと思い、そのことを想像しながら修道院の花壇を見ている。

彼女が「優しい姿のアラセイトウ」と思うこの花はアブラナ科で、白か紅紫色の花を四、五月頃に咲かせる。「青い貝に似たスミレ」と描写されているスミレは、やはり紫、あるいは白色が主で、春にふつう濃紫色の花を咲かせる。

そして「クリーム色をしたフリージャがかたまって、やりのような緑の葉が花の上に交叉している」という描写で、初めて物語の中でクリーム色の花が表れる。このクリーム色の花の上に槍のような葉が交叉しているのは、心を槍で突くの如くで、これはエドナがジミーとの婚約解消を宣言し、傷付くジミーの暗示である。

このフリージャに「黄色い毛に覆われた大きなミツバチが一匹潜り

こむ。華奢な花はゆっくり傾き、大きく揺れ、身を震わせる蜂が飛び去っても相変わらず笑ってでもいるかのように身を震わせた。幸福そうな、呑気な花である」と描写されている。

フリージャの花に潜り込む蜜蜂と、そんな事にはお構いなく、大らかに構えるフリージャは、心変わりをしたエドナに対する悠然とした態度のジミーを連想させられる。なぜなら「修道的生活のシンボル」を持つ蜜蜂はエドナ、そして「潔白、無邪気」を意味するフリージャはジミーであることを考えると、彼女達の婚約解消は一時的なものだと考えられるからである。またそれは、物語の最後で「復活、再生」「平和の象徴」である鳩が、青空に舞う描写があり、そのことからも、元の鞘《さや》に納まる可能性が確実に高いと考えられる所以《ゆえん》でもある。

マンスフィールドの、完成された最後の作品として注目されるのが「カナリア」“The Canary” である。この作品は、たった一人の友であるカナリアとその死について「私」が物語る。この作品「カナリア」で描写されている唯一の花はバイカウツギである。この花は、梅の花に似た数個の白色四弁花が枝先に付く。カナリアの美しさを際立たせるためか、バイカウツギの白だけで、それ以外はゴムの木やハコベなど緑色の植物である。山野や路傍で白色の小さな五弁花の花を咲かせるハコベには、人の目にはあまり触れることがなく、また触れたとしても雑草としてしか見てもらえないこの植物と主人公の重複した部分、そしてこの花の花言葉が「追想」であることを知ると、彼女の悲しみがとても深いものとして伝わってくる。

文体は、カナリアの死とそれを悲しむ老女の孤独やあきらめを強調するために、過去形と現在形のみを用いていて、未来形を全く使用していない。色彩もカナリア以外は目立った色がない。この主人公を自らの分身とし、芸術的感性を美しい声をもつカナリアとして作り上げ、人間と芸術の強い絆を作者は表現している。それと同時に、死という心に深く刻み込まれる悲しい出来事がこの世に存在し、そのことで取り残された者だけが持つ喪失感、孤独感の深さを述べている。

この時期、1922年には約五編の完成された作品がある。これらの作品ではバイカウツギ、百合、雛菊などの白い花々、カンナユリ、チューリップ、バラなどの赤やピンク色、そしてラベンダー、リラ、アラセイトウなどの紫色、フリージャの黄色い花などが描かれている。色彩的には偏《かたよ》りはみられないが、種類は十三種類程度に留まっている。

これはマンスフィールドが結核の治療や、それに伴う転地療法、さらには心の平安を求める精神療法など、病状を改善するためにあらゆる手段を模索しながら生活をしていたことや、体力の衰えなどで、彼女の創作活動が叶わなかった事などによるものである。1922年八月十三日には遺言を書き、翌十四日にフランスから英国ロンドンに戻っていることを思うと、彼女の頭には常に死があり、それ以外のことなど考える余裕はなかったのであろう。

マンスフィールドの生涯と作品を平行しながら、植物を中心にみてきた。総体的ではあるが、作者の内面と花の描写に関連性が見出される。純粋な人や物、不愉快な人や物、優しさ、怒り、愛情などに対して、彼女が見聞きしたり知っている花を用いて、直接あるいは間接に表現している。喜びや豪華絢爛さなどの表現の場合は、花の種類や色彩を多くしたり、明るい色合いの花を織り込んで読者に訴えている。

また逆に不快感や怒り、非難など、直接に表現することがはばかれるような場合などには、その雰囲気にあった形や色を考慮して花を選び、描写していることに気付く。特にこのような場合は、花の描写がクッションの役割を果たし、本音を言ってはいるものの表面的にはそれが見えず、そのために作品が愚痴っぽくなったり、くどくなったりはせず、品のある整ったものとなっている。

マンスフィールドはアーノルド・ギバンズへの手紙で「なるべく少しの言葉で確実に、効果的に伝えること」を創作する上での信条としていると述べている。その手段のひとつとして、花の描写があると考える。それはことば以上に人の心を捉え、心に入り込める媒介となるからである。また従兄のドロシー・ブレットへの手紙でも、「言葉には限界があって、溢れ出る甘美な歌など、表現できないものがたくさんある」と書いている。このことからこの作家は、言葉の限界を痛切に感じ取っていると考えられる。だからこそ、言葉に代わる伝達手段として、我々人間に身近な存在である花を始めとする植物を用いているのである。

ジョージ・エリオットも彼女の作品「サイラス・マーナー」で、主人公の閉じられてしまった心が徐々に開かれて、再び社会に戻っていく主人公マーナーの様子を、花と共に描いている。小さな赤ん坊が無邪気に摘む野に咲く花から、小さな花壇へ。そして徐々に花の種類が多くなって大きくなっていく花壇は、主人公が人間らしさを徐々に取り戻し、社会に復帰する過程を意味している。エリオットは、人の心、感情が良い（プラス）方向へ進む過程や場面で、花を描写している。

この点においてはマンスフィールドと同様である。しかし彼女との大きな違いは、マンスフィールドは人の感情の負の面、不快感、怒り、憂鬱などを表現する場合にも花を用いていることである。この点においては、彼女以外に目立って使っている作者はいないようである。ここに彼女の花への思惑、言葉への思惑、技巧への思惑がしっかりと結実されていることをみるのである。

文　　献

Books

Alpers, Antony. *The Life of Katherine Mansfield.* London: Jonathan Cape,1980

Baker, Ida. *Katherine Mansfield: The Memories of L. M.* London: Michael Joseph, 1971

Bates, H.E. *The Modern Short Story*. London: Michael Joseph Ltd, 1971

Boddy, Gillian. *Katherine Mansfield: The Woman and the Writer*. Penguin Books, 1988

Burgan, Mary. *Illness, Gender, and Writing: The Case of Katherine Mansfield.* London: Johns Hopkins University Press, 1944

Daiches, David. *New Literary Values: Studies in Modern Literature*. London: Libraries Press, 1968

Daly, Saralyn R. *Katherine Mansfield*. New York: Twain Publishers, 1965

Davin, D. M. ed. *Katherine Mansfield Selected Stories*. Oxford University Press, 1969

Dumbar, Pamela. *Radical Mansfield*. London: Macmillan Press Ltd., 1977

Eliot, George. *Silas Marner*. Penguin Books, 1996

Fullbrook, Kate. *Katherine Mansfield*. Sussex: The Harvester Press, 1986

Gordon, Ian A. *Undiscovered Country: The New Zealand Stories of Katherine Mansfield.* London: Longman Group, 1974

Gordon, Ian *A. Writers & Their Work: Katherine Mansfield*. Essex: Longman Group Ltd., 1971

Hankin, C. A. *Katherine Mansfield and Her Confessional Stories*. London: Macmillan, 1983

Hanson, Clare, and Gurr, Andrew. *Katherine Mansfield*. London: Macmillan, 1981

Kobler, J. F. *Katherine Mansfield: A Study of the Short Fiction*. Boston: Twayne Publishes, 1990

McCracken, David. *Wordsworth and Lake District*. Oxford: Oxford University Press, 1984

Meyers, Jeffrey. *Katherine Mansfield: A Biography*. London: Hamish Hamilton, 1978

Moon, Geoff. *New Zealand Birds*. Auckland: Reed Publishing Ltd., 1994

Murry, John Middleton. *Journal of Katherine Mansfield.* London: Constable & Co. Ltd., 1954

Murry, John Middleton. *The Letters of Katherine Mansfield*. London: Constable & Co. Ltd., 1928

Murry, John Middleton. *The Scrapbook of Katherine Mansfield*. London: Constable & Co. Ltd., 1939

Nathan, Rhoda B. *Katherine Mansfield*. New York: Continuum Publishing Co., 1988

O'Connor, Frank. *The Lonely Voice*. Cleveland, 1963

O'Sullivan, Vincent and Scott Margaret. *The Collected Letters of Katherine Mansfield*. Oxford: Clarendon Press, 1984

Rohrberger, Mary H. *The Art of Katherine Mansfield*. Michigan: University Microfilms International, 1977

Salmon, J. T. *New Zealand Native Trees*. Reed Publishing Ltd., 1996

Scott, Margaret. *Recollecting Mansfield*. Auckland: Random House New Zealand, 2001

Shakespeare, William. *Hamlet*. The New Cambridge Edition.

Shakespeare, William. *The King Lear*. The New Cambridge Edition.

Shakespeare, William. *A Midsummer Night's Dream*. The New Cambridge Edition.

Smith, Angela. *Katherine Mansfield –A Literary Life*. New York: Palgrave Publishers Ltd., 2000

Stead, C. K. *Katherine Mansfield*. Auckland: Random House New Zealand Ltd., 2004

Stead, C. K. *The Letters and Journals of Katherine Mansfield*: A Selection. Penguin Books 1978

Tomalin, Claire. *Katherine Mansfield: A Secret Life*. London: Viking Press Inc., 1988

White, Nelia G. *Daughter of Time*. London: Constable & Co. Ltd., 1942

Woolf, Virginia. *Mrs. Dalloway*. London: Penguin Books, 1992

Articles and Reviews

*Adam International Revie*w, No. 300

Freeman, Kathleen. "The Art of Katherine Mansfield". *The Canadian Forum*, July 1927

Davies, Dido. *Essays in Criticism*. Vol. XXXII. April, 1982

Meyers, Isabelle. "A Masque of Masks: Self Presentation in the Writings of Katherine Mansfield". *Women's Studies Journal* Vol. 4, No. 2, December 1988

Zinman, Toby S. "The Snail under the Leaf: Katherine Mansfield's Imagery". *Modern Fiction Studies: Special Issue: Katherine Mansfield*. Autumn 1978

Dictionaries

Dictionary of Symbols and Imagery, ed. by Ad de Bries, 1976 edition.

The New Oxford Illustrated Dictionary, 1978 edition.

The Random House Dictionary of the English Language, 1973 edition.

The Reed Dictionary of Modern Maori. by P. M. Ryan. 2004 edition.

和書

秋山　平吾　「英詩韻律法」 東京：篠崎書林, 1960

石塚　虎雄　「マンスフィールド論」 東京：篠崎書林, 1977

伊吹　智勢　「20 世紀英米文学案内：キャサリン・マンスフィールド」東京：研究社, 1979

加藤　憲市　「英米文学植物民族誌」 東京：冨山房, 1976

加藤　さだ　「英文学植物考」 名古屋：名古屋大学出版会, 1985

林　　弥栄　「日本の野草」 東京：山と渓谷社, 1988

三神　和子　「楽園を求めて」 東京：高文堂出版, 1989

辞書、辞典など

「大辞林」 三省堂, 1989

「標準音楽辞典」 音楽之友社, 1992

おわりに

このたび、マンスフィールドの作品をまとめて発表する機会を得た。これまで書き溜めたものはあくまで研究論文であったので、出来るだけたくさんの方々に彼女の作品を読んで頂くために、それを基に作品を解説するように内容変更を試みた。それぞれの作品についての作者の思いを出来るだけ伝えたいという思いとは裏腹に、その自分の思いを言葉に表すことが容易ではなく、かなりの時間を要してしまった。

昨今では人々の生活にテレビが入り込んでいる為に、文字を自身の頭の中で映像化することが苦手な方が多い傾向がある。本を読まない若者と世間ではよく言われるが、若者だけではなく全体的な傾向のように思う。そのことを鑑みて、ターンブル・ライブラリーから掲載の許可を頂いた貴重な写真や、アオバズクを撮り続けておられる高見巖様の貴重な写真、そして私自身が撮影したものなどをイメージとして本文に配した。ある時は参考に、またあるときは癒しになるのではという思いからである。

また本文でお気付きのことと思うが、原文を引用して説明することも心掛けた。マンスフィールドの作品は、翻訳本でも楽しむことができるが、ことば（単語）の選択や配置を常に考えている作者の姿勢を思うと、原文抜きの説明は考えられないのである。従って是非原文を読んで頂きたいという願いも込めている。そのことで作品の醍醐味がさらに広がり、同時に英語の醍醐味も味わって頂けると思うからである。

このような諸事情を勘案して何とか完成し、日の目を見ることが出来るようになったのも、全てはたくさんの方々のお力添えがあったからである。写真掲載にご協力頂いたターンブル・ライブラリー、そして高見巖様、職場の学術情報センターの皆様、諸先生方、幼い頃から現在に至るまでずっと見守って下さった恩師、友人そして家族には謝意のことばを見つけることができません。月並みではございますが、心よりお礼申し上げます。そして朝日出版社の田家昇様はじめ社の皆様方には、お忙しい中大変お世話になり、本当に有難うございました。

これからも皆様のご高配を忘れず精進していくつもりでございます。変わらずご指導、ご鞭撻を賜りますようお願い申し上げます。

10月　吉日

吉野 啓子

京都ノートルダム女子大学、大学院教授

大阪府出身

「英語で読み解く世界」(共著、昭和堂)、「もっと生きたい」(南雲堂)など

キャサリン・マンスフィールド、ジョージ・エリオット、エリザベス・ボウエンなどに関する論文を京都ノートルダム女子大学「紀要」、京都ノートルダム女子大学英文学会誌 "Insight" 等に掲載

キャサリン・マンスフィールド
作品の醍醐味

検印
省略

著 者 吉野 啓子

発行者 原 雅久

発行所 朝日出版社

〒101-0065 東京都千代田区西神田 3-3-5

電話 (03) 3263-3321 (代表)

乱丁、落丁本はお取り替えいたします

ISBN978-4-255-00498-3 C0098 *Printed in Japan*